黄金の翼もて舞い上がり
大空より道標《みちしるべ》を見つけむ

青木 博
AOKI Hiroshi

文芸社

実存は本質に先立つ。人間の本性は存在しない。その本性を考える神が存在しないからである。——ジャン＝ポール・サルトル

「サウル・サウル、なぜ、わたしを迫害するのか」
——ダマスコの回心（パウロ）　ルカによる「使徒言行録」より

目次

序

「天は人の上に人を造らず、人の下に人を造らずといえり」――生れながら貴賤上下の差別なく――。

　福沢諭吉先生の『学問のすゝめ』による。

　階級制度社会の終焉から、未来を切り開く時代の到来に際し、誰にでも等しく、あらゆる機会が開かれている、という事を世に示した。

　しかし、人は、その生を受け、育った環境（或いは、家といった方が適切であろう）に大きな影響を受けるのも、〝真〟である。

　しかしながら、
　天は、その人に乗り越えられない試練を与えない。

　これも、また〝真〟である。

　但し、これを乗り越えるのに、三代以上の永きに亘る努力の継続が必要であった「家」もある。

すなわち、私、「団藤理《だんどうまこと》」は、育っていく過程において、高校生になった頃、十五歳前後には、揺るぎない信念を持ち始めていた。

それは、人は、「形《かたち》」を求めていくのではなく「実《じつ》」すなわち「何を行って来たのか」をもって人格を成す、ということ。別な言葉に因って表せば、「肩書き」ではなく、求めるべきものは、行動してきた「足跡」である、このことをもって生きる価値とすべきである、ということである。

後に、慶應義塾大学法学部に入学し、友を得、議論した中に、丸山真男氏の説く、「であること」と「すること」があった。

氏の説かれる本来の主旨は、「民法の時効」に関し、権利の上に眠る者（であること）に対し、〝民法の保護に値しない〟という内容である。その〝フレーズ〟を別の見地から発展させた……。

友の名は、「平野守生《ひらのもりお》」君である。彼は、それを更に断定的に、「である論理」と「する論理」と名付けた。言葉の概念を区別するには、「明確」であった。

私は言った。

「平野、こうゆうのはどうだ。『Be動詞＝である』に対し『一般動詞Do＝する（こと）』、すなわち〝『Be』の形《かたち》〟を求めるのか、否〝『Do』の足跡《あしあと》〟を求めるのか」

そして、「俺とお前は、何れを選んで生きていくのか」と付け加えた。

慶應義塾大学、日吉キャンパスでの平野守生君とのこの議論の光景は今でも鮮明に憶えている。

かつ、私が十五歳程の時から、おぼろげながらも確信に似た気持ちで抱いていたものが、この議論と〝言葉〟に因って、明確に断定された。

団藤理は、友「平野守生」君と出会ったことを、この事に因り一層感謝している。

団藤は、〝これだ〟と自らに誓うことができた。これが、団藤の生き方の土台であり、出発点である。

一

改めて、記す。

私、「団藤理」は、昭和二十四年に生を得た。曾祖父「武八《ぶはち》」の代迄は、酒造業を営んでいた。一時代前迄は繁栄を続け、近隣の藩主に相当な額の金銭を貸与する程となっていた。

その様な家系に、その長子として私は生まれた。

「武八」の父は、僅か三十歳程にて早世した。名を「亀太郎」といった。

我が家が昭和三十一年二月に火災に遭い焼失する迄は、近隣の「岡部藩主の意を受けた代官（現在の深谷市）に大金を貸与した、その証文」が残されていた、と叔父から聞いたことがある。

また、当時、団藤の家から隣村の名家、吉田家に嫁いだ亀太郎の姉「千鶴」の子息「貢《みつぐ》」が、群馬県尾島町（現在の大田市）の金井酒造の婿養子となり、後に三十半ばの若さで第二回衆議院議員選挙に、群馬二区より出馬し、議員となった。「金井貢」衆議院議員である。

ちなみに、議員としての「金井貢」は、婿養子先の「金井家」も、自分の母の実家「団藤家」も、共に酒造業であり、この「業種」が、ある意味、当時、有力な資産を保有し、この資金を「酒税」という名目で、国税として徴収しあらゆる事業の基としていたことを充分承知していた。

すなわち、酒造業に対する税負担の「重圧」と酒造家に対する負担の不公平を改革せねばならぬことを認識していた。従って、彼は、県を超えて酒造組合を組織し、これに対する税負担の公正を求める運動を行うに至った。この税については、当時の我が団藤家の酒造業の苦難を推察する上での一つの材料である。

さて、酒造業の亀太郎は、城主に大金を貸与、或いは、貸与させられた、という方が正しいのかもしれない。

更に、理不尽な事に、毎月、相当量の〝米と金銭〟を「藩主」に納めさせられていた……と、団藤は祖父から聞かされていた。

後に、団藤は調べて知り得たのであるが、岡部藩主に納めた米は、校倉造りの倉庫に一時保管され、至近の小山川《こやまがわ》にて舟に乗せ、利根川に合流し、江戸（東京）に運ばれた。

何れにしても、これらの心労が重なったのが、亀太郎の早世の原因であろうと考える。酒造業として江戸時代から確固たる歴史を築いてきた団藤家は、一家の大黒柱を失うに至った。外的要因に因りどん底に落とされた一家の心中を慮るに、想像に固くない。

僅か三歳にして父を失った「武八《ぶはち》」。母も若くして夫を失い、哀れであった。絶えきれず、長子を残し実家に戻ってしまった。

結果、「武八」は、幼くして父母を失った。叔父「萬平」すなわち「亀太郎」の弟は、僅か三歳の甥「武八」の養育充分ならず、まして隣接地に分家に出て、「主《あるじ》なき跡」を良いことに、本家の資産を持ち出す始末であった。

これを見兼ねた、隣村妻沼町原井（現熊谷市）の名家「吉田家」に嫁いだ、亡き亀太郎の姉「千鶴」は、その采配により、自らの子息「貢」の養子縁組先である群馬県尾島町の団藤家と同じく酒造業を営む「金井家」に甥「武八」の養育を委ねた。

後に、「貢」は、三十半ばの若輩ではあったが、立派な衆議院議員になった。

「武八」と「貢」は年齢差はあるが、従兄同士であった。

その「金井貢」議員宅、かつ酒造業を生業《なりわい》としていた環境で「武八」は十年程の間、養育を受けた。すなわち、十三歳にして、修業教養を得、生家「団藤家」に戻った。

「武八」の長子「弘」(団藤理の祖父)建立の墓誌に、以下記《しる》されている。


「武八」、酒造業「亀太郎」の長子、三歳にして父を失い、母郷里に去る。叔父「萬平」の養育充分ならず、新田郡尾島町「金井貢」宅に預けられ十年、教養を得、戻り来て、農を専業とする。ち与《ちよ》を娶る。(中略)十八歳にして武八に嫁し、九男三女を擧げ、母の誉あり。


「武八」の長子「弘」は、弟八人、妹三人の長兄である。年齢差もあり、弟、妹に対しては、親代わりの役目を充分果たして来た。

「弘」すなわち団藤理の祖父は、「酒造業を廃業」した後、家の経済の苦境の中、いわゆる〃取引先〃に対する清算を済ませた。

残ったのは、縁戚関係でもある金融業の「山本家」に対する借入金である。

「弘」は、策を練った。落ちぶれてはいたが、一応の格式の親戚は縁が残っていた。弟達の内、「二郎」は東京四ッ谷の反物問屋に、「庫之《くらゆき》」は浦和の反物問屋に、各々婿養子縁組を整わせた。更に、「新平」は大阪の商家の娘と縁組させた。

「弘」は、親代わりとなり、これらの縁組先の商家から、資金の融通を受け、我が家の借入金を山本家に完済し、担保となっていた土地の抵当権解除を済ませた。


結果、「弘」の祖父「亀太郎」の悔やまれる早世により破綻した酒造業、これの整理、精算を、ここへ来て、実質的に完了させたのである。

団藤理は、これらの我が家の過去に、思いを馳せる時、その苦労は、並大抵の事ではなかったと、深く思うところであった。

「亀太郎」の早世。「武八」の金井貢衆議院議員宅（酒造業）での修業、養育。その長子「弘」の借入金返済策に因る整理、精算の完了までに、優に「三代に亘った」。

特に忘れてはならないのは、「武八」の伯母「千鶴」の適切な采配に因る武八の十年間に亘る酒造業金井貢宅での養育であり、「弘」の弟達の「家」の為に己を犠牲にした縁組により、先方からの多大な助力・支援があり、そのことに因り酒造業廃業の整理・精算が完了したことである。これに因り団藤家は、〝新たな出発〟をすることができた。

このことを団藤理は、肝に銘じて忘れはしない。

団藤家は、酒造業であったが故に、この地域で、一番多くの土地を所有していた。終戦後、「農地解放」に因るも、未だ、田畑で二町程所有。別途屋敷は、約三反、すなわち九〇〇坪程ある。

「弘」の長子「靜夫」は、近衛兵として兵役に就いた間を除いては、農業に専念した。多くの土地を所有していた故に、働けば、それなりの収入は得られた。

しかし、この〝復興途上〟においてもなお〝悲劇〟が襲った。

当時の造り酒屋の母屋は、玄関を入ると、裏の出入口迄続く大きな台所があり、向かって左側に欅の大きな板が何枚も組まれ、長年の使用で黒光りした〝上《あ》がり端《はな》〟が、やはり奥の座敷迄続いていた。

縦に八畳の間《ま》が三部屋、横にも同じく三部屋あり、手前の中《なか》の間《ま》の鴨居《かもい》には、二段に、各々、〝鍔《つば》の付いた長い木刀〟と〝火縄銃〟が掛けられていた。奥の南側の板の間は、向かって左側には〝掛け軸〟があり、右側は違《ちが》い棚《だな》のある立派な書院造りの床の間となっていた。すなわち、武家屋敷様式の大きな平家であった。

その隣接に「弘」の後継者の「靜夫」は、太い欅や檜の柱が並ぶ二階建の作業場兼住まいを新築した。一階は、当時精米所が開ける程の機械類を設置、二階は、弟達の勉強部屋として使用していた。立派な建物であった。

これが、築後二年程で、「靜夫」の弟の大学入試の受験勉強中、二階での火の不始末に因って、母屋もろとも焼失してしまった。昭和三十一年二月七日の晩の出来事であった。

残った建物は、酒造業隆盛の頃建てられた八畳一間の床の間付きで、鉤形に廊下の付いた洒落た「離れ」一棟《ひとむね》であった。

止むなく、そこに八人の大家族で暮らした。「靜夫」は、この苦境下、この年大学に入学した末弟と既に大学生であった弟と、二人も大学に通わせていた。家長「弘」もさることながら、長兄「靜夫」の努力に因るものである。このことは、忘れてはならない。

その年、靜夫の長子「団藤理」は、七歳になったばかりであった。すなわち、団藤理が四月に小学校へ入学する同じ年の二月に、広い屋敷も〝離れ一棟〟を残し焼失、全てを失ってしまったのであった。

団藤は、窓ガラスでさえ火災の熱に因り、青い炎を発し燃え落ちるのを、今でも昨日の出来事のように憶えている。

見渡せば、火災に残ったヒバと山茶花《さざんか》の生垣の門を入ると、約九〇〇坪の大きな屋敷の片隅に、〝小さな離れ一棟〟のみ。

いかにも貧しく、今にも廃虚とならんといわんばかりの様相を呈していた。

その年の四月に小学校に入った「理」は、内気な性格であった。かつ弱気で、小柄な体格であった。

当然であろう、数ヶ月前の災難を幼いながら、本人は無意識の内に、重く背負っていたのであった。

このことは、祖父「弘」も父「静夫」も心配していた。

更に、不幸は続くものである。

（もうこの家に禍は——苦しめること——は、よいではないか……）

その七月に、「理」は伝染病を患い、夏休みを含め、二ヶ月程の間、学校を休むこととなった。

この生死を彷徨《さまよ》った孤独に因り、子供ながら「理」に、なお一層の〝重圧〟がのし掛かった。更に、内向的な性格は、〝内に向かい〟弱気で暗い性格となった。無口であった。

（ただ、心の中は、いろいろな事柄に対し自問自答していた。その内容は、自ら、マイナス

の方向、暗い方向へ導かれていくものばかりであった）
今思い出しても、小学校時代は、明るい、楽しい思い出は、ひとつもない。かつ、思い出すことも嫌う。

二

その後であった。

団藤理は、高校に入り、小中学校からの地元の同級生は、わずか数人となった。

団藤の過去の環境を知る地元の者は、数人となったがために、団藤は、「暗い過去のしがらみ」から解き放たれた。

その時、幼い頃から無意識裏に背負うていた〝重くのし掛かる荷物〟がなくなり、初めて、「自由な自我」を意識した。

自らの境遇を知る者はいない。白紙の状態である。何事にも、捉われるものはない。全く、自信を持って自由に振る舞い、何事も好き勝手にできる。

祖父から聞かされてきた「酒造業の外的要因に因る止むを得ぬ廃業」、幼い頃の「火災に因る母屋他の焼失」、更に「伝染病を患い生死を彷徨った過去」、これらの暗く、かつ苦《にが》い思いから解き放たれた。自由の身、何事にも捉われない心となった者は、強い。

しかしながら、団藤理は、その足元を見つめてみれば、如何せん、今は「熊谷工業高校生」である。これから将来どの道を選ぶのか？　進学するには、相当のハンディがあることは、明らかである。これは、気付くのが遅く油断して来た罰である。

一年生の春、入部したブラスバンドは、華やかであり、楽しくもあったが、その秋には退部した。

考えあってのことであった。

一つには、以下を聞かされていたことが「団藤理」の決意の背を押した。

止むを得ぬ不幸な事情に因り酒造業を廃業し、その復興の途半ばにもかかわらず「弘」の弟の一人「國一《くにいち》」は、親戚より当面の資金を用立ててもらい、家出。都内下宿にて新聞配達等、苦学の末、「早稲田大学政治経済学部」を卒業。式に際し、卒業生代表として答辞を述べた事等、団藤理は本人より聞かされていた。

なお、「國一」は、卒業を控え、当時の「服部文四郎」第一政治経済科長より「國一が、王子製紙創立者であり、かつ渋澤栄一氏の娘婿である『大川平三郎氏』宛に〝就職希望〟している」旨を記した封書を持参し子爵渋澤栄一氏に面会した経緯あり。

その「服部文四郎」第一政治経済科長の書面と、子爵渋澤栄一氏が大川平三郎氏宛に書いた封書（昭和五年《一九三〇》三月付）」が団藤家に残されている（運良く火災を免れたのである）。団藤理は、苦境の「家」に在りながらも、自ら苦学して、自分の道を切り開いたことに対し「國一」を尊敬し、目標としていた。

団藤理は、自らも相当な努力をせねばならぬと、自覚し決意した。その時の団藤家は、廃業した酒造業から転換、農業を生業《なりわい》としていた。これから将来、長子として次の代を担う団藤理にとって「農」は魅力を感じなかった。祖父の弟「國一」と叔父二人が大学を出ている事は、ほとんど無意識に、この家の後継者として進学せねばならぬという条件を団藤に突き付けていた。肝を据え、努力した。二年間の浪人の後、「慶應義塾大学法学部法律学科」に入学。団藤理は、大学時代に、一生を左右する何人かの良き友を得た。以下、「大学での風景の項」に記す。

団藤理は、卒業後ある金融機関に勤務、結婚し、サラリーマンとして家族を養いながらも、学生時、友と議論した「生き方」は、常に自問自答しつつ、哲学、宗教、芸術等に関する書は通勤電車の中、或いは、寝床の中で枕をアゴの下に置き、かなり読みあさった。従って、学生時から求め続けてきた「問い」に対して振《ぶ》れることはなかった。

その一環として、或いはストレス解消法としてからか、四十一歳から「上野の森美術館アートスクール」に毎週土曜日、通い続けた。五年程を経て卒業となった。

が、しかし、上野から場所も変わり、引き続き、東京芸術大学出身であられる講師の「西村冨彌《とみや》先生」を師と仰ぎ、二十年以上も通い続けることとなった。

西村冨彌先生からは、「芸術は、〝真・善・美〟の追求に外ならない。すなわち〝哲学する〟ことである」と教えて頂いた。

このことを〝言葉として強く〟教えを受けたのは、団藤にとって初めてのことであった。〝生きる術《すべ》として〟いや、そうでは全くない。生きる目的は〝哲学すること〟であり、すなわち、〝真・善・美の追求〟である、芸術活動をすることである、と理解した。

このことは、学生時代の議論を超え、団藤に新しい見方を与えた。

この様な考え方を得て、芸術を追求されている恩師に指導を受けている「団藤」は、表向きは「銀行員である」、即ち「であること」である。但し、それは、ウィークデーのみのことである。土・日は、〝芸術の扉の入口の辺〟で努力している。「すること」を実践している。

銀行員としての団藤は、法人の経営者も、個人に対しても、全て誠実に対応した。顧客の方々も、腹を割って話して頂いた。営業実績も挙げ、銀行員としての自信もついてきた。顧客との会話は、「経済の大局の話」に重きを置いたが、特に〝物づくり〟の企業の経営者とは、その苦労話を経て、しばしば「人生論」に至ることもあった。

また、経営者は、日経新聞の記事を話しても興味を持たない。それは充分承知しているからである。その記事の裏側にある「ユダヤ人とアメリカ社会」、例えば元ＦＲＢ議長の「グリーンスパン氏」がユダヤ人であること等、そして彼らの目的はどこにあるのかを詳しく話すと興味を持って、質問も交えてじっくり聞いてくれる。これらは、団藤が、「ユダヤ」に関する書を、宗教・経済の視点から深読みしていたことが土台となっていた。

人生論は、真に自らの「生き方」を語った。経験と信念を持って語れば、必ず経営者に「通ずるもの」があり、自ら企業を興した苦労話等も聞けるものであり、その企業の歴史と経営方針が経営者の信念として判るものである。

団藤理は、気が付けば「ピラミッド型社会」の典型である銀行に勤務していた。

上意下達の社会の中にありながらも、一定の時期から「自らが正しいと客観的に考えられることに対しては、信念を持って理論的に貫き通すこと」を信条に、勇気を持って発言し、行動することを躊躇《ためら》わなかった。

この様な団藤の言動に対し、団藤から逃避した先輩、後輩もあった。しかし、同調してくれた者も数多くいてくれた。

真に、「であること」と「すること」の切り口で判断すれば、その者が、どちらの生き方を選択するのかに因り、自ずと人格は判るものである。

また、団藤理は、銀行員として、細く、青白い、理屈のみで生きていく人間は、理想としなかった。

四十二歳からは、夜間又は日曜日に、「スイミング」に通い体力作りに専念した。結果十九年程通った。ゴルフにも打ち込み、体力も運動も他に引けをとらない人物像を理想とした。

三

時は、前後する。

二十歳の頃から不思議な縁に因り、深谷市にあった「みこころ教会」（プロテスタント）に通った。

教会内においては、「無神論」を展開、大学の友に対しては、「神」或いは「創造主の存在」を否定できない旨を主張、従って自らは「ジレンマ」に陥っていた。

教会の故「柳田美津子」牧師から二十歳の頃の私に、「団藤さん、六十歳を過ぎてから洗礼を受け、熱心な信者になった方もあるのよ」と聞かされたことをよく憶えている。

誠に、苦労してきた者には、「狭き門」の扉も開いて、見つけ易く、門を叩き入り易いのかも知れない。

平凡な人間には、苦労がない故、この「狭き門」の前は通り過ぎてしまい、なかなか見つからないのであろう。

さりとて、〝サルトル〟のいう「ペーパーナイフ」を例に説明されている様に、人間はその目的を持って生まれてきたわけではない。〝現に在る〟、このことから出発せねばならない。ペーパーナイフは、紙を切る目的のみを持って創られたのではない。すなわち、〝今、在る〟このことを出発点として捉える、いわゆる「実存」である。従って「神は存在しない」。

以上の論理も解らない訳ではない。

ただ、心から納得できないのである。

これらの「考え方」或いは「宗教」について学生時に、友と深く議論したものである。

後に弁護士となった夏目俊通君から一年生の夏休み後半に頂いた封書に、「サルトルの弁証法的理性批判」を既に読破した旨、記されていた。

団藤は、焦り、慌てて読んだ。というより難解な文章であり、語彙を理解するのに苦労し、目を通したと表現した方が的確であろう。後期授業が始まると同時に、夏目君から、この書に対する議論の挑戦があるのではないかと恐れた。

この頃は、学生運動は終息に向かっていた。しかし、二十歳の頃の若き学生に於いて、物事に対し、「批判的に発言し、行動する」価値或いは風潮というものが、一般的に支配していた。

従って、例えば、「キリスト教」についての聖書、或いは、それに関する書は、たくさん出版されてはいるが、ほとんど読んだこともないくせに、批判だけはしていた。また逆に「信ずる」ということは、批判的ではない故からか、或る意味、「女々しく」「弱々しく」映った。


しかし、時を経て、改めて知った事実がある。

例えば、親鸞（一一七三〜一二六二）が開祖の「浄土真宗」は、蓮如（一四一五〜一四九九）によって伝播された。

世評を無視することに許しを乞い、大雑把に言えば、日本において仏教の他の宗派に於いても、開祖の聖人の残された〝教文〟は、その聖人或いは、一人程の有能な弟子等に因って、伝播されて来たといっても良いと考える。

これに対し、今から二千年程前に現れ存在した「イエス・キリスト」については、状況が異なる。

一般の人、すなわち信者以外の人に於いては、その存在すら疑う人が多い。ましてやキリスト教を突然禁制とし、信者を大量に、残虐な方法にて処刑してきた歴史により、我が国に於いては、信ずる者は圧倒的に少ない。

団藤は、以下の様に思考する。

イエス・キリストの「行為（＝業《わざ》）と奇跡」について、「十二使徒」の内、医師であったとされる「ルカ」をはじめ何人もの使徒達が、各々表現の違いはあるものの、一つの事実が存在したこととして詳細に「記述」(伝承をもとにした）を残している。

この事は、我が国に於ける〝一つの宗派〟の伝播の仕方と、大きく異なる点であると考える。

もちろん、「行為と奇跡」について、私の様な薄才の者が述べることは不可能なことではあるが。

更に、特異な点は、「パウロ」（サウル）は、「イエス」の説く所、説く所に赴き、罵声を浴びせ、石をもち、イエスを目がけ投げつけてきた。

この大いなる攻撃的な反逆者が、シリアの「ダマスコ」に於いて、「回心」した。

かつ、非難、冒涜の先頭に立ち、石を持ち、手を上げて向かっていった〝この男〟が、「イエス」の処刑に因る死の後、失敗を繰り返しながらも苦難の末、「イタリア・ローマ」までの布教を果たすのである。今ある「バチカン市国」の礎を築いたのである。

この〝力《ちから》〟は、何であったのか。

団藤理は、学者ではない。まして信徒でもない。ただ単に、「人生、如何に生くべきか」を求め続けている、普通のサラリーマンである。しかし、このことは、人生に於いて「探究」するに、充分価値あることと考え続けてきた。

また、論を待たずとも、「親鸞の説く悪人正機説」の「悪人」と「イエス・キリストの説く原罪」とは、各々大きく背景も意味も異なる。いや、全く異なる。

しかし、全く異なるといえども、少なくとも（性善説の切り口ではないが）「善良」ではない人間を指摘している。地球上における発生地の位置が大きく異なる、それも年代も千年程も隔てている二つの宗教が、「悪人」或いは「原罪」として「重なるものがある」。このことが不思議でならない。自らの「原罪」を認め、或いは「悪人」を識り、振り返らねばならない。そこに土台を据え、そこに出発点がある。

そのことは、理屈では「理解」はできる。しかし、「信ずる、或いは、信ずることに因り救われる」ことのできない「団藤理」に与えられたものは……。

迷い、自問自答し、かつ行動しながら、「矛盾、或いは板挟みの中に自らを置き、葛藤しつつ、その場、その場において、ベストは見つからずとも、比較し、撰択することに因りベター（より良いと思える方向）を見い出し、もがきながら生きていく。かつ、その過程と経験において、自らを高めていく」。

即ち、「止揚（アウフヘーベン）」を生きていく源として、自らの主柱に置き行動していく。このこと以外に、団藤理は、未《いま》だ、解決策を持っていない。

「凡人」である。

ただ、若い時から良き友を得、人生を高め愉快に生きてこられたことを、この上なく、感謝している者である。

以下、私「団藤理」の、いくつかの節目を通じて友と語らい、或いは友との齟齬（事件）と、縁あって、その後山行により訪ねた北アルプスの山荘での再会（謝罪）。それらの過程を経て得た「考え方」の変遷等につき著《あらわ》す。

あくまで、凡人サラリーマンの道標《みちしるべ》を探しての人生の行程である。異なるのは、それでも、しつっこく信念を持ち、生きる道を求め続けて来たことである。

ここに、団藤理が歩んで来た、いくつかの風景の一場面、一場面に於いて、どの様に迷い、悩み、考え、対応して来たのかを、ありのままに呈する（エピソードについても、〝であることとすること〟の切り口で読んで頂けたら幸いである）。

「既存の組織に埋没」することなく、自らを高め、「アウフヘーベン」を拠り所とし、より高みを目指す勇気ある者が、一人でも多く存在して頂くことを願い、この書を世に問うものとする。

一章　銀行の風景

新規融資案件の否決

「それでは、担当の私の方から、案件について説明させて頂きます」

団藤理は、話し始めた。

「まず、この融資案件は、新規開拓先『A精密工業株式会社』の長期運転資金『三千万円』の申込であります」

この案件は、団藤が渉外課長として名古屋支店に赴任して、約半年後のことである。

この融資案件会議は、五階建の支店の二階会議室にて始まった。団藤の勤務する銀行は、地方銀行から都市銀行に昇格となり既に、二十年以上経過していたが、この名古屋圏に於いては、旧財閥系金融機関が主要企業の取引の大半を占めているため、業績は芳しくなかった。企業に対する融資取引の金融機関の序列は変わることはない。かつメイン銀行は、役員或いは、経理担当のトップに人材を派遣しているケースが多い。この体制は、崩れることはなく、万が一、変化の兆しが見られれば、他の取引銀行は充分警戒し対応しなければならない。

この様な環境下にあり、団藤理の勤務する銀行の取るべき施策は、大企業をターゲットとはせず中堅、中小企業を新規開拓する以外に道はないことは、周知の事実であった。

昭和三十年代半ば、いわゆる日本経済の黎明期に当行は、西は名古屋、大阪に支店を開設、関東地域からの脱皮に活路を見い出し規模の拡大を狙っていた。だが、考えてみれば、この名古屋の地に於いて、先方企業にとり、当行を利用する理由、いや価値は、通常は一切あり得ないのである。但し、その様な環境下に当行が、この地に進出し、名古屋駅至近のメインの通りに五階建の店舗を構えたのは、並大抵の意欲ではなかったことが窺える。

当支店は、かつて支店行員八十名程の時代があったようだが、現在は、四十名程となってしまった。この様な歴史のこの建物の五十名程は収容できる広い会議室に、海外支店勤務の後赴任してきた「朝比奈支店長」と融資課長「薮下一生《やぶしたかずお》」と渉外課長の私「団藤理」の三人が片隅に長机二つ並べて、会議を開いている。

「……で、この会社を訪問したきっかけ或いは理由は、どんな経緯《いきさつ》だったのかね？」と、朝比奈支店長は尋ねた。

担当課長の団藤理は、以下ここに至るまでの経緯と融資案件の概要を説明した。案件の概要は、既にその要旨をまとめてあり、各自に配布しておいた。

案件概要

一、案件に接するに至った経緯

当行との既存取引先であるB工業株式会社に対して、当行宛に企業の紹介を依頼した。結果、当該法人の部品調達先であるA精密工業株式会社を紹介頂いた。

紹介先を何度も訪問した結果、本件融資案件に接した。なおA精密工業株式会社は、B工業株式会社から発行株式の五%の出資を受けている。

二、融資案件内容

【一】需資

・長期運転資金　三千万円

・期間　三年間

・増加運転資金（B工業株式会社に対する製品納入の増加に因る）

【二】当社の概要

・創立後十五年と社歴は浅く、会計諸項目の計数評価、及び経営上の基盤は未だ弱い。従業員八十名程。

・歯車関連の技術は高く評価され、トランスミッション（車の変速機）の製造ラインを軌道に乗せ、増収増益を図ることが課題である。
・前期売上高、約五億円、これを早期に八億円、すなわちパーヘッド一千万円にしたい。
【三】需資の詳細
・トランスミッションの製造ライン設備はB工業株式会社からの増資資金導入分を充当する。
・当該製造ラインの稼働に因り、製品納入能力増加となるが、納入から売上高回収までの間タイムラグが生じる。その運転資金である。
【四】その他、担当意見
・本件は、無担保の融資申込である。
　理由：メイン銀行である財閥系都市銀行に対し所有不動産は全て担保として提供済。評価計算上、担保余力もなし。
・意見
　本件の事業拡大は「もの作り」の企業における一つの飛躍へのステップである。かつ、この地域に於いて「自動車関連」の業種は、今後共、堅調に推移して行くものと考える。

かつ、B工業株式会社からの受注エビデンスも添付。

当該企業の長年培った技術の延長線上の案件であり、当行として是非とも支援して参りたい。


「以上です」

渉外課長「団藤理」は、担当者として、準備した資料を示し、概要説明及び意見を終えた。

しばらく、沈黙の一時《いっとき》を経て、融資課長「薮下一生」君から発言があった。

「担保提供がない……この条件の下《もと》では、融資案件の取扱いは難しい」

銀行は原則「担保主義」である故、「無担保融資」の取扱いは、「短期の手形貸付」以外は不可能、ということであった。

朝比奈支店長は、担当の団藤に対し、以下の様に指示。

「団藤君、折角の案件だが、その様な〝わけ〟で、A精密工業株式会社と、紹介頂いたB工業株式会社に、丁重に〝案件取扱いできなかった〟旨、説明しておいてくれ」

朝比奈支店長、薮下一生、団藤理の三人はたまたま同窓であった。だが、三人の個々の事情は、「大きく異なり、かつ隔たる」ものがあった。

朝比奈支店長は、海外の支店から名古屋支店に赴任となった。本来であれば本部外為部長等を経て役員となる道を与えられるであろうと期待したが、この異動人事（転勤）は、自らが役員への道を外されたことを意味した。従ってこの名古屋支店に於いて、成果、実績を挙げる必要はなく、意欲も失われていた。

一方、藪下融資課長も、この名古屋支店において、目に見える営業成績上の成果は挙げる必要なく、「融資課長としての役割は守りの態勢で、事故なく無難に過ごすことが最も重要な事柄である」と考えていた。

即ち、この支店は「余計な事には手を出さず、身を守っていけば良い」という方針である。考えてみれば、「であること」そのものに徹していた。

但し、同窓の先輩「朝比奈支店長」からの評価については、最大なものを得るべく、あらゆる機会を捉え、積極的に対応することを怠らなかった。

例えば、支店長は単身赴任であり、夕方六時頃には退社し、夕食のため居酒屋にて酒と食事をとるのが日課であった。このことを充分承知していた藪下君は、五時半を過ぎた頃を見計らって、ほぼ毎日、本人の鞄を自分の事務机の上にこれ見よがしに置き「いつでも帰れますよ！」と、支店長に合図を送っていた。支店長も、これを確認すると、「藪下君、行こうか！」と声を掛ける。この様な間柄であった。

この様なことを未《いま》だ知らぬ、赴任して間もない頃、団藤は、〝例の居酒屋〟に案内された。そこは、四、五十歳程と見られる化粧の濃いママと色気のあるお手伝いが居る小料理屋であった（当時は、単身赴任者相手のこの様な店が繁盛していた）。十名程の客が入れば満員となる様な小さな店であった。小さなカラオケセットがカウンターの隅に置かれていた。

瓶ビールを注ぎ合い、軽い食事をとると、馴染みの客である支店長と薮下君が、各々得意な歌を歌った。二人とも演歌であった。

間を置いて、「団藤君も、一曲どうだい」と支店長からマイクを手渡された。

団藤は、歌は好きであったが、「カラオケ」の経験はあまりなく、〝アカペラ〟で何曲か歌ったことがあったくらいで、まして演歌は得意ではなかった。

覚悟を決め、「大津美子《よしこ》」の『ここに幸あり』を選曲、イントロが流れ始めると、どうも「キー」が女性用で高く、男性が歌うに合わない直感がした。アカペラであれば、勿論、自分の音域に合ったキーの高さで旨く歌え、皆の前で披露した経験はあった。しかし、「キーが合わないから調整してくれ」と言うことを躊躇《ためら》い、結局、そのまま無理に歌い続けたら、〝音痴〟そのものとなってしまった。

これは、キーを調整してもらえば済むことであった。しかしそのやり方を選択せず、団藤理は〝音痴だ〟とのレッテルを貼られてしまった。しかし、そのままで良かった、と団藤にとってはさ程気にすることでもなかった。かつ、そんな調整まで〝ママ〟にやっかいを掛けて歌う程のものではないと思った。

その晩は、アルコールと軽い夕食をその店で済ませ帰路についた。支店長宅は借上《かりあげ》社宅で一応のグレードのマンションであった。

薮下君と団藤は、その店から至近の世帯用の社宅であった。時計は、九時を回っていた。約十〜十五分の道程を歩きながら薮下君の方から話し始めた。

「俺は、この名古屋支店に来る前は、浅草支店に居たんだ。生まれは下町、〇〇高校を出て一浪して慶應大学に入った。父親はサラリーマンで、大したこともなく、独りっ子の俺に期待をかけているんだ」

後に知り得たことであるが、薮下君は、この銀行に入った時から支店長になり、部長になり、更に役員になるのが夢（目標）である。そのために努力しているとのことであった。

その様な話の後、続けて「さっきの融資案件の話だけど……」と薮下君は話し始めた。

「新規の融資案件をこの名古屋の地で獲得するのは容易なことではないんだ。まして、当行はこの地域では名も知られていない金融機関なんだ。しかし、よく案件持込みまで、新規開拓先に入り込むことができたね」といった。

「まあ、たまたまなんだ。ただ新規法人獲得は〝千《せん》三《み》つ〟といわれる程の確率だけは、判っている。だから一生懸命であることだけは確かなんだ。そして何とか、着任して一案件獲得する迄は落ち着かないものなんだよ」と団藤は返答した。

続いて薮下君は、

「融資案件は、〝担保主義〟から外れると原則取扱いは難しいんだ……」と話した。

しかし、私、団藤は、以下のように考える。旧態依然とした融資における担保主義は、形の上では一見保全は確保されている様に見えるが、机上で評価された担保評価は、地価変動に因り万全とはいえない。現に、その後間もなくバブル崩壊に起因し担保価値は大幅に下落、更に、〝商品組込みに問題を孕《はら》んでいた〟リーマンショックが追い打ちをかけ、金融市場が危機に陥ったことが証明している。

求むるべき事柄は、対象企業の経営者の資質であり、企業の将来性である。

本件融資案件会議、その後の支店長、融資課長と団藤の三人での料理屋での飲み食いとカラオケの後、この案件については「否決」となったまま何も語られず、時は過ぎた。

この様な支店の体制と方針の中で、渉外課長としての団藤は、「新規融資案件の開拓」をすることに、部下に対する指示どころか、自らの日々の行動にも自信を失い、方向を見失うばかりであった。

ゴルフの腕前

こうして、仕事、遊び、飲み会、カラオケ等、一応のものを名古屋支店に於いて経験し慣れて来た頃のある金曜日の夕方、朝比奈支店長から社宅の団藤の家に電話がかかって来た。妻が取り次いで「パパ、朝比奈支店長から電話よ！」の声に、隣の部屋に居た団藤は、電話に出た。

「団藤君、明日土曜日は、空いているかい？　ゴルフに行こうと思うんだが……たまたま誘っておいた取引先が都合悪くなってしまい、三人分空いたんだ」

支店長は、シングルハンディで非常に上手《うまい》ということは知っていた。ゴルフ場は、当行法人会員先の名古屋の名門ゴルフ場である。

「はい、喜んで参加させて頂きます」と即答した。

「他に、薮下君と桐谷君が参加するよ」と教えてくれた。

桐谷君も同じ渉外係でゴルフ好きで、気の合う同僚であった。

団藤は、電話を切った後、少し興奮を覚えた。何故なら、サラリーマンの付き合いの中で、仕事以外では唯一、「ゴルフ」だけは好きで、メンバーに迷惑をかけることなくプレーできたからであった。

当時は、ドライバーからフェアウェーウッドまでは、〝ウッド〟の名が示すようにヘッドは木製（パーシモン）であり、ドライバーのヘッドの容積も小さく、三〇〇cc程で、現在のスプーン程の大きさであった。このドライバーで約二〇〇ヤードを超えれば「飛ばし屋」と呼ばれていた。団藤は、その「飛ばし屋」であった。クラブセットは、当時人気の「ホンマ」で全て揃えていた。

翌日の朝、早起きした。清々しかった。

通常のゴルフの仕度の上に、ブレザーを着用して出掛けた。そのゴルフ場はブレザーを着用して入館し、プレーには襟のあるポロシャツ等、プレーヤーには節度ある服装が要求されていた。

四人は、互いに楽しく、和気靄々とプレーできた。団藤は、練習も毎週一回以上は欠かさず通っていたこともあり、ほとんどのホールで一番飛び、かつフェアウェーも捉えていた。

但し、支店長を除いて三人共、バンカーには悩まされた。グリーンは馬の背の如く難しかった。スコアは、支店長以外、大したことはなかった。が、ドライバーの飛距離と正確さは、団藤が、シングルハンディの支店長をしてうならせた。

「団藤君、相当飛ばすねぇ〜〜。寄せとパットを覚えれば、スコアーは後から追《つ》いてくるよ」との言葉を頂いた。

この事に因り、いやこんな事で「団藤の〝株〟」は上がった。支店長、薮下、桐谷、両君も、こんな些細なこと、しかも遊びであっても「団藤を見る目」が変わった。

そんなこともあり、その後取引先との「接待ゴルフ」も、支店長から団藤に常に声がかかった。団藤は、ゴルフのスコアは迷惑かけない程度にまとめていたが、それにも増して「ルール・マナーは常に重要と心に留めて」行動していた。従って接待においては、支店長に頼りにされる様になっていた。

一方、例の「カラオケ」は、自分の音域に合った歌を、同僚からアドバイスを受けた。加山雄三の『僕の妹に』他、明るい曲を歌う様になり、一応周りの人に迷惑を掛ける様なことはなくなってきた。

こうなると、「ゴルフと料理屋・カラオケ」の接待も〝得意な分野〟となって来た（きてしまった）。

不思議でならないのは「団藤」本人である。仕事は、未だ「これといった実績」を挙げていない。勿論、他の同僚も同じであるが。にもかかわらず、「こんな些細な事」で、すなわち「ほんの少しゴルフの腕前が良いだけのこと」で重要視されるなんて何なのだ、これは？すなわち、世の中は、取引に於いても、会議に於いても、担当者同士の腹の中が理解できていれば取引は成立し、会議も良い方向に決論（結論）が導かれる。理屈、理論で臨んでも、合理的な理論は理解はできても、「好き・嫌い」の論理が優先するのかもしれない。

ま、これも否定はできない。一般的に、人の世では経済取引も、融資取引も、或る意味、論理的な思考より感情的な「好き・嫌い」の腹の中が優先するのかもしれない。

こう考えた時、団藤は、職場の各課長の行動を分析してみた。

まず、融資課長の薮下君である。仕事は既存取引先の管理を中心に行い、新規案件は取扱いたくない本音も見える。既存先の管理のみ完全に行っていれば、事務処理の面に於いては満点であり、ある意味、融資係の職務は、それで良いともいえる。

その彼の仕事に対する姿勢は、支店長も充分承知していた。というより互いの腹の内は判っていたから、「容認」していたといった方が的確である。

ほぼ、ウィークデーは、毎日、小料理屋で夕食と酒に付き合い、支店長にとり入るのが上手である。このことは、職場の全員が知るところである。しかし、誰にも真似のできない技量である。

一方、団藤は、渉外課長という立場もあり優良取引先との接待ゴルフに駆り出されることが多くなって来た。好きなゴルフを仕事としてウィークデーにやれること、かつ接待費としての経費支払いであり、ある一面嬉しかった。

取引先の社長或いは部長と共に、一日プレーをし、雑談が主体の中に、仕事の核心部分を、一つだけ、一言《ひとこと》話しておくだけで、その後数日の内に先方より連絡があり、契約成立となるケースもしばしばあり、実績に繋がった。

しかし、団藤にとってこれは、本来の〝筋の通った〟生き方ではなかった。納得し、体が燃える様な情熱を持って行動すること、失敗して悩み眠れない日も続き、助言を頂いたり、勉強したりする中に於いて活路を見い出す喜びはなかった。

しかし、このことを貫くためには、サラリーマンにとって一応の権限が与えられた地位、すなわち、自ら行動し自分で全ての責任をとることができる地位になって初めて可能になることである。

若僧のうちから、自らの考えをあまり前面に出してもまずいことは知っていた。であるからして、団藤は「悩んで」いた。同僚にとっては、〝そんな事は「一蹴される」悩み〟である。

その様な事が「葛藤」として頭をもたげた時、団藤は決まって「久屋《ひさや》大通公園」に立つ名古屋テレビ塔の下で、空いているベンチを探し、腕枕に仰向けになり空を眺めていた。人通りの多いこの大通公園を行き交う人々の足音だけが空しく聞えた。空は、快晴であっても、曇っていても、そんなことは認識になかった。

徒歩にて自らリストアップした新規開拓先を回っても融資案件獲得に結び付くことは稀であった。

中区栄にある名古屋証券会館には資料室がある。そこには、全ての上場企業並びに中堅企業のデータが整っている。直近の新聞記事についても企業毎、かつ時系列にファイルされていて、企業の動向をつかむことができる。また、当該ファイルには、経営者と主要役員について、「出身地、出身校、趣味」等の記述もある。資料室にはコピーサービスもあり、新規開拓先の企業データは予め揃えることができる。

その様な準備をして、新規開拓先訪問を始める。名古屋の地において歴史のある企業は、自社ビルを構えているが、大抵は、ビルの幾つかのフロアが企業の本社機能である場合が多い。そんな場合は、エレベータを待つ間、訪問先のデータと社長或いは役員の属性を頭にたたき込み、面談時の話題の切り口とするのである。同じビルに訪問先が数社ある場合などは、訪問先毎に頭の切り替えが必要であり大変なことである。

経営者の出身地が当行のエリア内であれば、そこからの切り口も可能。当該企業の取引先を紹介等、先方にメリットを与えることができるならば、当行との融資取引の可能性も出てくる。しかし、この様な筋書き通りのケースは稀である。毎日努力を重ねて訪問しても、門前払いを苦にしてはならない。応接に通して頂き話を伺えるだけでも、ありがたいと思わなければ、この仕事はやっていけない。

団藤は、今日も九時半頃になると、いつもと同じ様に支店を出た。対象企業先には十時過ぎに着くのがベストである。かつ、交渉事は、午前中がベストである。

徒歩にて「中区栄町」辺りを数社、新規訪問する計画である。資料をカバンに詰めて「今日もまた、〝成果〟はないであろう」と、明るいとは決して言えない面持ちで、地下鉄の「伏見駅」にて下車。

一社目を訪れたが、門前払いとなってしまった。駅から少し離れた企業であり、徒歩でもあり思いの外時間を費してしまった。そう簡単に、当方の希望する様に、先方企業がいつも応接に招いて話をしてくれる筈がない。それは充分判ってはいる。が、しかし、何度も経験してはいるもののショックの色は隠せない。

また、いつもの久屋大通公園のテレビ塔の近くのベンチに座ってしまった。行き交う人々は足早に通り過ぎ、悩みを抱えている様な人など見られなかった……そう思えた。ベンチに座り、うつ向き加減に見えてくるのは、行き交う人々の膝から下ばかりである。いや、足早に通り過ぎる足元ばかりである。


団藤は、前に進むことに躊躇しているのか進むべき道が見つからない。見当たらない。しばらく頭の中は、何に戸惑い悩んでいるのかさえも判らない……この様なことに占領されていた。

やはり、冷静に考えてみても、気になり、納得いかないのは、〝先般の融資案件の否決〟である。

団藤としては、客観的に、かつ合理的に、筋道を立てて考えても、充分に取扱いが可能な案件であった。需資目的も具体的でかつ、論理は通っていた。先方企業にとっても、当行へここまで企業内容を呈示してきたのは、本気であったからである。

当行にとっての問題点は、唯一《ただひと》つ「無担保」扱いであることだけである。勿論、所謂〝人的担保〃である代表取締役の連帯保証は付すわけである。

この合理的な筋論、論理に、圧倒的に勝り壁となり立ちはだかるのは、前述した、二人の個人的理由である。すなわち、この案件を「好むのか、好まないのか」の理由である。そのことだけを決断すれば、自らの立場の「であること」に危険を冒さないことが判断理由となり得るのである。

朝比奈支店長は、既にこれ以上の出世、役員になることの夢は、閉ざされてしまっている。従って、事故、いわゆる〃不良債権〃を出さないことを第一の判断基準とする様になる。すなわち、この案件は〃好まない〃のである。保身第一というわけである。これもサラリーマンとしては止むを得まい。

次に薮下融資課長である。彼も基本的考え方は同じである。今後、支店長、部長、役員になる遠い夢に〃傷〃は禁物である。やはりこの案件は〃好まない〃のである。かつライバルの渉外課長、団藤の持込案件であることも〃好まない〃理由なのである。

二人共に、「であること＝Be動詞」のみを求めて生きていく人達であることを、団藤は改めて知った。

このことを知ったが、特に驚くことはなかった。団藤の知る限り、団藤の友も、同僚も、先輩も、九割程の者が、この「であること」を求める。

しかし、団藤は、「であること」を少しでも成就《じょうじゅ》し得た人を軽蔑などしない。それはそれなりに相当の努力が必要であるからである。大きい組織になれば、「形《かたち》・であること」に加えるに「実《じつ》・すること」が備わっていなければ「肩書き」を得るのは難しいからである。

しかし、この立派な「肩書き」も、失われる迄、すなわち定年になる迄、「実《じつ》・すること」が最も重要であることに気が付かないのが常である。名刺・肩書きを持つことなく、自信をもって諸事に対応できる人になることは、難しいのかもしれない。

しかし、考えてみるが良い。

「農家の人」は名刺（「肩書き」）を持っていない。しかしその道では立派に足跡を残している人もいる。工場に勤務の人、たとえ町工場の人であっても、日々努力を重ねてきた結果、その技術が優れ、世界の大きなシェアを持って製品を世に送り出している、そういう方々もおられる。ダムの工事現場（例えば黒四ダム）で危険を顧《かえり》みず働いてきた人々も、それなりの立派な技術と汗をもって〝足跡〟を残している。

「実《じつ》・すること」を求めて、歩み続けて来た人は、名刺（「肩書き」）など不用である。

別の見方をしてみよう。

サラリーマン等の階級社会に身を置く者に於いては、肩書きは目標とし易い。何故ならば、地位に従って権限と金（給料）が付いてくるからである。

しかし、これに対し、農・林・漁業、或いは工場、すなわち現業に直接携わり「物作り」を生業《なりわい》としている人達においては、競争相手は、他人、同僚ではなく地位でもない。より良い物、より優れた製品を作り、そのノウハウを積みあげていくことが重要なのである。強いていえば、自分自身の努力が競争相手である。この様な事例は、考えてみれば、枚挙に遑《いとま》がない。

言ってみれば、前者（サラリーマン）に於いても「形・であること」を求める。そのこと自体が悪いわけではない。「形・であること」のみを求める余り、自らの生きていく「道《みち》標《しるべ》」を、そして「立ち位置」を見失ってしまうことが問題であり、その様な生き方は、「折角の、一度きりの人生」であるからして推奨できないということである。

世の中には、「そうしないこと」、すなわち「形のみを求めないこと」で、見えてくるものがある。

それは、「芸術」であり、「哲学」であり、「対する人の心」である。「芸術」も「人の心」も、その目線に達しなければ、すなわち、同じ「パッション・情熱」の位相に自らを持っていかねば、「見えてこない」ものである。

それ等を知らないまま、気が付かないまま、いや、経験しないまま、一生を終えてしまうのは、一度きりの人生を無駄にしてしまうのかもしれない。

しかし、「気が付かないもの」は仕方がない。何故ならば、これは「教えて判る知識というもの」では決してないからである。「自らを逆境に置くこと」で判ることとである。一般的に、温かい、ぬくぬくとした環境は、相対的に「これらを見つけにくく」しているものである。

逆境に置かれた者、或いは何か「負」を背負った者の方が「気が付き」、「見えてくる」ものである。そして、このことは、年をとってからでは或る意味「遅い」。若い内が良い。何故ならば、このことに因って「生きていく道標《みちしるべ》」が大きく異なるからである。

山登りに於ける「分岐点」を選択するのは「早い内」、「若い内」が良いからである。一度きりの人生、進んでしまってから「あの分岐点」まで戻れば良かったと省み行動することは、極めて難しい。

人生には、各々の年齢に応じて「各々の適した行動」が凡そ要求されているからである。

話を戻そう。

団藤は、ベンチに腰掛け、一瞬夢でも見ていたかの様に、例のゴルフの帰り、小料理店にて飲み食いした後、支店長と別れ、薮下君と二人で社宅に帰る道々、彼の心の内を話してくれたことを思い出して、前述の如く反芻していたのであった。

人は、悩む時、日常のこと、日々のルーティンワークの決められた軌道（すなわち、仕事の段取り、それに基づく計画された行動）から外れたところに活路を見い出したい衝動にかられるものである。

名古屋の街は、そのような点では、住み易い。東京とは異なり、相対的に小さなエリアに全てが集約されている感がある。

名古屋城、熱田神宮、野球スタジアム、動物園・博物館、美術館等であり、海へも、ゴルフ場へも、車で一時間程の距離にある。

団藤が、今居るこのテレビ塔の近くに「愛知県美術館」がある。時計を見れば、未だ十一時少し前である。午前中にもう一社訪問する資料は準備してあるが、かねてより訪ねてみようと考えていた「美術館」が、目の前にある。

ここに行ってみようと考えた。仕事用のカバンを携えて、歩いて十分程で美術館に着いた。

美術館にて――取引先担当者との思わぬ出会い

ロビーに入り、受付にて入場券を購入、まず目に入ったのは、企画展の大きな看板であった。〝非日常の世界〟である。その扉を開け、入った。

「髙山辰雄」の企画展である。

団藤理は、学生の時から絵画に対して興味を持っていた。中でも「髙山辰雄画伯」は好きで魅力ある画家であった。画集は何冊か持っている。しかし〝現物〟を観ると迫力に圧倒される。作品も、団藤の背丈の二倍程のものもある。細部がどの様に表現されているのかが判る。対象もそうであるが、背景も、かなりの深みをもって画かれている。

第一室は、画伯の生い立ちから、画歴の年譜が大きなパネルに記してあった。

そこに最初に展示されていたのは、氏による東京芸術大学（当時は東京美術学校）卒業制作の「砂丘」である。

房州御宿の海岸である。女子学生が砂浜に腰を下ろしている。人物は何か遠い未来を見つめ、目標を捉えて離さないという、目尻もキリッとした鋭い目付きである。髙山辰雄の人物に於ける〝目〟は、その後の作品に於いても団藤の心を摑み離さなかった。

作品は、全体に凜とした姿で、清楚感ある真っ白なシャツの上にセーラー服の如く紺のリボンがゆったりと首を巻き、胸の前にきて、さりげなく胸元一ヶ所にてまとめられ垂れ下がっている。先端は、紺色のスカート迄届くかぎりぎりの所まで……となっている。そのリボンの紺色が真っ白なシャツの中心を成し、アクセントとなり、人物の表情をキリッと締めている。製服姿である。

人物は、画面中央より左下に位置し、製服の長めの紺のスカートの裾が足元で広がっていて、腰を下ろした白砂に対し、大きな紺色のアクセントとなっている。人物が画面全体を占めている構図であり、傍らにさりげなく置かれているスケッチブックが画面全体に〝花〟を添えている。

……と、画に私の心が奪われている時間が流れている間に、ふと、私の肩を後ろから軽くたたく者があった。

振り向くと、驚いた。一瞬、誰であろうか？　と疑った。眼鏡をかけ、目は鋭く、丸顔であった。

彼は、Aファイナンス会社の社員であり、団藤が訪問した際の窓口となっておられる「浅野雄三」君であった。ちなみに、当該ファイナンス会社は、当地域の中核をなす優良企業であり、当行とは長年親密な関係にある。

彼は、難関の「東京外語大英米科卒」である。目標は海外勤務であるが、未だ希みは果たせず、同社本社に課長職として勤務している。結婚し、子供一人とのことであった。

「どうも！」

「こんなところでお会いするなんて、びっくりですね！」

と彼は話しかけてきた。

彼は、社用にてこの近くの取引先企業を訪問、仕事を済ませたが時間が余ったので、この美術館に立ち寄ったとのことであった。

髙山辰雄について、団藤は、ささやかな知識をもっていた。彼、「浅野雄三」君も髙山辰雄については、故郷が同じ大分県とのこともあり、かなりの興味を持って作品に接してきたとのことである。彼もまた髙山辰雄の画歴後半の作品の人物が好きだとのことであった。髙山辰雄は、風景においても、風景という〝対象そのもの〟を描いているわけでは、決してない。波打つような表現、圧倒的で今にも動いていて迫ってくる様な雪山、空気、曖昧模糊とした背景、厖大、そして果てしない広がりの宇宙の中の「小さきもの」への何とも表現する言葉も見つからない「幼きものを包み込み育《はぐく》む愛」のようなものを画面に感じとるのは、私ばかりではあろうはずがないと考える。

一九八五年制作の「音」である。全世界が雪に覆われ、杉並木が左右段違いに配され、その間をゆるやかに、かつ圧倒的な高さで今にも襲いかかるような容態で迫りくる山の方へと向かう道が、かすかに認められる一番手前の右端に、葉が一つもない落葉樹の枝がモザイクの様に雪に映えている。

そこに、前方から波打って立ち向かってくるとでも思える圧倒的な雪山。向かって歩いているのは、よく確認しないと見過ごしてしまう程の雪道に溶け込んでしまうかと思える一人の人物の最少限の輪郭で表された姿だった。

かつて髙山辰雄の「日月星辰」と題した企画展が開催された。この大宇宙の中、またたく間の一瞬の生を受けた小さき者への愛を感じる……と共に、家族というものを、この不思議な力で囲まれているとでもいうか、各々、両親、兄弟姉妹達の結びつき、或いは絆を何度も作品にしておられる。それは、世の中で一番小さな社会、そこから旅立つ子供達を育み、支え、見守ってくれる、生まれて最初の仲間、出発点の土台となる「家族」なのである。

高山辰雄は、「聖家族」と題し、その愛と絆を育むように多くの作品をシリーズとして残しておられる。一九八五年のF一二〇号の大作「森」は「家族」の集大成というべき作品と団藤は考える。立像の父親、座像の母親、影に半分隠れ向こう向きの娘、膝に抱かれ母の乳に触れる乳飲み児、裸像で全体が二等辺三角形にまとめられ落ち着いている。これ以上の説明の言葉は、この作品を前に意味を成さない。ずっと無言のまま観ていたい作品である。

さらに団藤は、個人的に好きな作品がある。一九七七年発表の「いだく」の大作である。幅一九八cm、高さ二一二cmの大作である。初めて観た時の感動は忘れない。竹橋の「東京国立近代美術館」で出合った。

母親とその姉妹と思われる二人に抱《いだ》かれた乳飲み児。大切に抱き、育まんとする愛が、画面全体に漂っているのを感じる。姉妹の各々の両手が乳飲み児を包み込み、それが重なり合って「一つのかたち」として感じられるのは団藤だけではないであろう。

包み込む姉妹の両手は、寄せ合う頭・肩・腕までが、溶け込み一体となり、全体で「卵形」の楕円形を成している。繊細な心である。感動した。目が潤んだ。赤児の顔は、決して「かわいい」だけではない、「餓鬼《がき》」の様相も呈している。かつ、この宇宙、或いは無窮の中に小さな生を受け、これから先への「不安」をも感じざるを得ない表情である。その児を抱きしめる。二人はうつむき加減でやさしく見守っている。この愛を、何と感ずれば良いのであろうか。作品の背景は、薄暗く、宇宙の無窮と暗闇を団藤は感じた。

彼「浅野雄三」君は、髙山辰雄画伯について団藤とは別の視点から評価している。「団藤君も、かなり髙山辰雄が好きなんだね。俺も、かなりの興味と傾倒をもって作品を観てきた。一応のレベルを超えた画家は、絵画を絵画としてのみ捉えるのではなく、『生きること』、或いは『哲学』として捉え、制作に打ち込んでいる。従って観る者各々に対し問題を提起し、或いは、問いに応えてくれる感があるんだ」と浅野君は語った。

二人は、歩を進め第二室に入った。いくつかの作品の中で目に止まったのは、一九七三年作の「食べる」である。二人は、その作品の前で立ち止まった。というより、引き付けて離さない〝力〟に、立ち止まらざるを得なかった。

縦一四五・五cm、横一〇三cmの画面に幼な児が独り、粗末な小さなテーブルにひざまずいてやや大きめの椀を傾け、ひたすら食べている。他にテーブルに置かれているのは、水の入ったコップ一つ、である。

髙山辰雄の〝聖家族〟の絆に対して甚だ〝対象的で孤独〟である。幼な児の、これから先の果てしない世界に旅立たねばならぬ不安、いやその不安すら未だ識らぬ……。夢中で人間の生きる力の根元である〝食べる〟行為を行っている姿である。

団藤は、考えるに、この「幼な児の孤独と、聖家族の絆」は、作家髙山辰雄の考える筋道では唯、〝一本の線上に結ばれているもの〟と思わざるを得ない。両者をもって、〝言い尽くすことができないもの〟を芸術家髙山辰雄は絵筆に依って表現（語りかけて）しているものと考える。

これから独り、大宇宙、広い世界に旅立とう（はばたこう）としているこの幼な児を、一度でいいから抱き締めてから解き放してあげたい衝動に駆られるのは、団藤だけであろうか。

浅野君も、全く同じ意見であった。この作品を前に、二人共「う～む……」と沈黙は続いた。

歩を進め、最後の一室に来た。

屏風絵である。六曲一双＋一二〇号の壮大な大作である。一九八五年発表「明星」である。二人、共に圧倒された。大作に圧倒された。その絵そのものに圧倒された。

色彩を全て排除した絵である。描かれているのは、小牛一頭を含む、どっしりと大地に足を据えた六頭の牛、そして各々の形で牛の傍らに、或いは背にさりげなく腰を掛けた三人の女性である。

女性は白い着衣で、その描かれた線は細く、単純にして繊細であり、美しい。背景の画面、画紙そのものではないかとも見られるような〝白〟との区別は、細くしなやかな線のみである。改めて見れば、牛も線のみ、人物も線のみ、着色は背景と同色の白、或いは素材（画紙）そのものの様にも感じられる無色。

しかし、人間の物を見る眼は、不思議なものである。同じ無色の中に、牛のどっしりとした体には牛としての肉体を、人物は、人の着衣の色というか、そのものを確実に感じ取る感性なるものを持っている。

この屏風絵は、中央の一二〇号は他より高く縦長になっており、そこに描かれた一頭のどっしりとした牛の背に、女性が軽く、しなやかに腰掛けている。そのはるか彼方に、この絵のタイトルである「明星」が輪郭は不明確に幾重かに描かれている。或る意味、描かれている星は小さいけれど、それが星そのものではなく、何光年もの先に存在する大宇宙であるかの如く感じられる。

存在するものとして、どっしり大地に足を踏まえている牛、その傍らに存在する女性三人の立ち位置、そしてはるか彼方の「明星」。観る者が、この感覚、或いは位相にまで、「テンション」を高める時、「存在するもの達の手の届かない『無窮』を感じざるを得ない」。


団藤理と浅野雄三は、無言であった。

少しの時間を経て、前述の要旨を踏まえ、更に団藤は続けた。

「この絵は、全てが線で描かれている。僅か人物の着衣から外に現れている、顔・手・足のみ、やわらかいグレーの着色である。その他は全て『余白』だね」

団藤は、当然「浅野君」も同感し、頷いてくれるものと思っての発言であった。だが、彼は、少し、いや根本的な部分にて考え方が異なる、というか「深」かった。


浅野君は語り始めた。

「髙山辰雄の『明星』は、物理的には、牛も、人物も、背景も全て、『色彩というか、いわゆる着色はない』。全てを排除した傑作といえる。

突飛な言い方を敢えてすれば、『色即是空　空即是色』の境地そのものかもしれない。

……いや、それも違う。どっしり大地に足を踏ん張っている牛の姿と、各々三人の少女の立ち位置は、この無窮に畏敬の念を持ちながらも、さりげない姿の内に『力強く』生きんとしている。

　そして、背景は一切描かれていない中に、すなわち森があるわけでもなく、山があるわけでもない……遠い彼方に『明星』が、それも、一つの宇宙の如く描かれているだけである。ここに存在する、すなわち『大地に在る、牛と人物』と『明星』との間は、『無窮』に等しい。それだけの空間であり、人間の力では到底及ばない彼方なのである。

　すなわち、この背景は、描かれていなくとも『余白』ではない。『余白』ではあり得ない。余った白い部分ではないのである。同じ〝面〟であっても、牛と人物の近くは『大地』を感ずる。画面上の部分は『無窮』を感ずる。

　いい替えれば、或る意味、この『白い背景の見えない部分』は、牛・人物の『主役』に対して『従』の部分では決してない。前述の『無窮』を主張する真に『主』の部分なのである。それくらいの『覚悟』をもって、それくらいの『テンション』を持って、この作品を感じ取っていかねばならぬ程のものを、この〝背景〟、いや〝無言の背景〟は表現しているのである」

　浅野君の造詣の深い考え方に、団藤は少し圧倒されながらも、共通に感ずるところをもって聞いていた。

団藤は、途中で、この「余白」について、自分の考え方も述べてみた。

「その余白の代表作で、私は、長谷川等伯の『松林図屏風』をすぐ思い浮かべてしまう。描かれている松林より圧倒的に多い空間。描かれているのは、松林というより、数本の松といった方が適切であろうか。これこそ、浅野君の指摘した通り、〝存在する空間、すなわち描かれている松より、空間が主張している〟と思える。『松』より『空間』を観て感じ取らねばならない。そして、そう観えてくる迄、テンションを高めて行った時、そこにこそ、この絵の本当の主体を観ることができる。そこにこそ、(私は勝手に考えるのだが)『幽玄』が見えてくるのではないかと」

浅野君は、

「本当に、その通りだね。一生涯を賭けて、画家が追求し続け辿り着いた作品は、観る者をして、そこまでの位相にテンションを高めて観なければ、画家が表現しようとしているところ迄辿り着くことができないんだと思うよ」

と応えてくれた。

更に、浅野君は話を続けた。

「僕は、実は『余白』或いは『空間』についての前出の二例とは異なり、同じ『空間』でも彩色が非常に美しい『山本丘人の地上風韻』の作品が大好きなんだ。何ともいえず好きなんだ。若き女性が紫色の藤の花が咲き乱れる藤棚の下に、やや斜め後ろ向きに、すなわち画面は背中であり、洒落た洋風の白い椅子に腰掛けて、長い髪が肩からずっと下まであり、やや正面から少し横向き加減に遠い彼方を眺めている。

その遠い彼方は、ほとんど白に近いグレー。傍らの地上には、グレーに対して、よく映える黄色のタンポポの花が幾株か添えられている。画面の五分の一程の上層部は全て藤棚であり、右端からその藤の二本の幹がからみながら棚に伸びている。この画面の大部分を占めるのも『余白』であり『空間』である。

やはりこれ程の『空間』、白に近いグレーで表現しているものは、観る者をして、先が見通せない霧でもあるのかと思う程であり、更に、霧の奥深いところに魅せられる。

『地上風韻』という画題も奥深い考えを誘うものだ。人物よりも、傍に咲く黄色の美しいタンポポよりも魅せられるのは、この『空間』或いは『余白』である、と考えるんだ」

さらに、浅野君は続けた。

「高山辰雄画伯が、ある発展途上の迷いの中にあった若き後輩に答えたのは〝余白〟のことだった。

その後輩は、日本画専攻だった。水墨画の『余白』をよく学びなさいと言われたと、ある書物に記しておられる。

このことは、自分が考えるに、『余白』は『余白』であって『余白』ではないということである。すなわち、それは、その絵の根幹を成す「主体」なのだ。このことが判ると、画の本当のところ、すなわち画家が一生を賭けて追究し続けているところのものが少し理解でき、観る者もそこのところを共有できるのではないかと思う」

今までの彼の人生そのものを吐き出すかのようであった。

浅野君は、明らかに団藤のことを良き理解者として感じ始めているようだった。

「団藤君も、そうだと思うんだが、俺もそうなんだ。……人生、自分の思う様に事が運ばない方が何と多いことか。自分の考えるが如く事が運ぶのは希有だと思った方が〝生きやすい〟と思うよ。

そして、画家が一生を賭けて追究するが如く、我々も、この『余白』、或いは『空間』、何も見えないところ、いや更に言ってみれば〝ぼ～として形が不明確なところ、すなわち幽玄といわれている様なところに、人生の求むべきものが潜んでいるのかもしれない……と思うんだ。

　それは、こうすることが理論的に正しいとか、筋道が通っているとかいう『論理』を超えたところにあるのかもしれない。そうゆうところを超越せねばならぬことかもしれないね。団藤君と、この美術館で出会い、仕事以外の深い話ができて、今日は本当に嬉しかった。考えてみれば、君は銀行、俺はファイナンス会社、互いに、一介のサラリーマンではないか。

　しかし、これ程までに互いに『芸術』を通して深い話ができるとは驚いたよ」

　浅野君は満足そうに語った。

　十二時半を過ぎていた。二人は、互いに興味の示すところが同じ方向であること。そして芸術に対し、かなり造詣が深く、互いにその深いところで結びついていることが判り、まだまだ話したいと思った。

　後に、再会を約束し、その場は別れた。


　支店に戻ると、それ程忙しくない営業室を確認し、ほっと一息ついて、三Fの社員食堂に向かった。食堂には、賄いのおばさんが交替で来て食事を作ってくれている。

　今日は、温かいうどんであった。うどんには鳴門巻が一切れ添えてあった。おばさんは名札を付けていて、今日は「安斉」さんであった。

「安斉さん、いつも遅い時間になってしまって、ご免！　。僕は、この〝鳴門〟が大好きなんだ。ただ、食べながらこの赤い渦巻きをじっと見ていると、目が回ってしまうんだ～～」などといって、団藤は、おばさんを笑わせてあげた。団藤の僅かばかりの心遣いである。

かつては、この名古屋支店も八十名程の従業員がいて、食堂もそれなりに広く、活気があったそうである。今では、その半分程の社員であり、今日は既に一時を過ぎているせいもあり、数人が食事をしているのみであった。


数週間が経ったある金曜日の午後、浅野雄三君から、団藤の携帯に電話が入った。

「今日、仕事が終わってから飲まないか？」とのことであった。団藤は快く承諾した。

彼が待ち合わせに指定してきたレストランは、名城公園の近くにあった。洒落ていた。やや年数は経っているが、木造の建物で、室内も木目の奇麗な板壁で、テーブルもその様に統一されていた。話のし易い場所で、落ち着く空間であった。彼にとって、ここは馴染みの店だと言った。

隅の四人掛けのテーブルを選んだ。腰掛けるとすぐ、彼は「ハイネケン」二本を注文した。

「これは、旨いんだ」

団藤は、この銘柄のビールは初めてであった。旨かった。味が違った。これがオランダの味なのかと思った。ラベルとビンが緑色で、何だか、その〝緑の味〟がした。

互いに注ぎ合った。二本はすぐに飲み終わり、追加を注文し、つまみに枝豆と冷やっこを頼んだ。


浅野君は話し始めた。

「人生って面白いもんだねェ～～。俺は九州大分県出身。団藤君は埼玉県出身だったね。この二人が愛知県美術館で出会い、この様な、心の底に積み重ねてきた芸術論をもって人生を語れたなんて不思議な縁だ。通常であれば、仕事上、仕事の顔で、事務上の交渉事の会話をして終了というところだけどねェ～～」

団藤は思った。仕事を離れて、たまたま会ったとしても、普通の話題はテレビドラマの話、スポーツの話等、いわゆる対象が第三者の互いに当たり障りのない話題に終始するのが常である。それが悪いわけではないのだが、しかし実際、この世の中は、そうなのだ。

なぜ二人は、この様な芸術の真髄という珍しい興味を持ち、考えを深くしてきたのであろうか？　などと思いをめぐらしてきた団藤に、浅野君は、まさしく同様のことを尋ねてきた。

「団藤君、君は銀行員だけど、この様に芸術の深い所まで興味を持ち、考えてこられたことについて、俺は君を尊敬するが、一体、何がそうさせたのかい？」

改めて問われてみると、自らのことは案外不詳なのであるが、団藤は注がれていたハイネケンを飲み干し、以下のことを話した。

一つには、自らが長子として生を得た「家」が貧しかったことが原因と考えた。その家の「長子としての重荷」……。

次に、祖父の弟（団藤が大学生の頃は健在であった）が苦学して早稲田大学を卒業、その際、卒業生代表として答辞を述べたこと。このことが、暗い中からの一つの希望となり、努力すれば必ず道は拓ける見本となる人が目の前にいるということが、自らの生き方に大きな影響を与えた……と考えていた。

そして「長子として生を得た家」について、以下のように簡単に述べた。

一、酒造業を止むなく廃業した歴史。

一、その時の後継の長子（団藤の曽祖父）が、わずか三歳にして両親を失い、その為十年間、親戚にて養育を受け戻って〝廃業し下り坂を転げ落ちて行くような家〟の後継者となり責務を果たした件。

一、その後、家族が協力し〝家〟の復興に努力した件。

一、復興途上にて火災に因り、〝離れ一棟〟を残し全焼。廃墟となる寸前であった件。

一、更に、団藤本人が小学校に入学して間もなく、火災と同じ年に、伝染病を患い二ヶ月程休学したことに因る精神的な負担。

これ等の「厳しい条件」の重荷が、小学校に入学したばかりの団藤に、〃負担・重圧〃となり背に重くのしかかっていた。しかし、この事が、逆に「深く考えること」「表に見えているもの以外のことについても重要なこととして考えること」を自分に「与えてくれた」のではないかと団藤は語った。

浅野君は、こんな説明の様な話し方となってしまった〃身の上話〃をよく聞いてくれた。冷やっこ、枝豆等をつまみ、ハイネケンを互いに注ぎながら、少し間をもって彼は言った。

「人生、幼い時の重荷、そしてその抑圧された精神、或いは心、更に暗い闇の中であるような心、それ等は全て自分で越えて行かねば、その闇みたいなものから抜け出せないんだよねえ～～」

「脱皮なのかもしれない。精神的な重荷、マイナスの環境からの脱皮なんだ」

「そして、『天は、その人に乗り越えられない試練は与えない』という〃真理〃があるのではないか」

「しかし、その〃試練〃も傍《はた》から見ている分には、〃たわいのない出来事〃なんだけれども、

〝本人・家族にとっては〟、かなり重大で、重くのしかかってくるもんだよねぇ〜〜」

少し腹も減ってきたので、夕食を注文した。彼は、ここのピザはうまいんだよ！　と言って注文した。ビールはそろそろ止めようと言い、彼は赤のボトルワインを注文した。団藤は彼に任せた。互いにグラスで、改めて乾盃した。彼は九州男児ではあるが、日本酒、焼酎よりもビール、ワインが好みとのことであった。彼の話では、「そんなに高級なワインではないよ」とのことであったが、ほどよい渋味もあり旨かった。話もはずんだ。

団藤は、「浅野君の話も聞かせてくれ」と催促した。

ピザを一切食べ、ワインを少し口に入れ、彼はゆっくり話し始めた。その話し方は、ゆっくり落ち着いていた。一つ一つの言葉に重みと苦労を感じられた。

「僕の方は、あまり話題となる様なことはないんだが……。団藤君の家の様な歴史はないんだ。父は二男で、サラリーマンだったが、僕が中学二年の時、事故で亡くなったんだ。二人兄弟の兄は、僕より優秀だった。しかし高校二年の時、父が亡くなったため、就職して稼がなければと。兄の立場からして、母一人が働いても、家族が暮らして行けないと判っていたんだと思う。高校を卒業し、すぐに就職。兄は建設土木会社に勤務し、現場をやっていた。その業種は、ある程度稼ぐことができると判断し、三年間という区切りを決めていたのだろう、昼・夜問わず汗を流し、蓄えた資金は家計を賄い、その残りを自らの大学入学の資金に充当した。働きながらも意思を持ち続け勉学を怠らなかった甲斐もあって、退職後、二年を経て九州大学に入学できた。

学費一切は、その後も夏休みに限って土木工事のアルバイトをして、自ら稼いだ。母親には苦労をかけないよう努力していた。入学が遅れたハンディも超えようと大学院まで進み、今は〝土木工学〟を専門にやっている」

少し間を置いて続けた。

「そんなことで、俺は兄を尊敬しているんだ。我が家も、大黒柱を失った障壁は、そんな兄の努力もあり、方向が定まり、既に超えつつある感があるんだ。先が見えてきたんだ。ある意味、私も青年期の兄の背中を見て育った。従って、新聞配達も、夏季の土木工事のアルバイトも苦ではなかった。勉学には集中し、東京外国語大に入学できた。他にも家庭教師を二軒やって、勉強もしたが金も稼いだ。母に仕送りもできた」

浅野君は、この様な話は今まで他人に語ったことはないと言った。

話は続いた。

「しかし、今、改めて振り返ってみれば、あの時の努力は、やはり『天が与えてくれた試練』であったように思える。いや思わざるを得ない。何も他に考える余裕などなかった。目先、すなわち、明日食べる糧のため、考えられるアルバイトは全てやり、その間にかえって勉学に集中できた。兄も同様だった。

不思議なことだが、兄も、私も、背中を押してくれる何者かの〝力〟を感じたんだ。従って、その間《あいだ》〝苦しい〟と感じることはなく、却って〝充実感〟のみがあったんだ」

浅野君は、思い出しながら、噛みしめながら話した。目は少し赤く潤んでいた。

団藤は、時々うなずきながら、熱心に聞いていた。育ってきた上での環境と内容は異なるが、〝重荷を跳ね返してきた〟ことは〝同質〟であると感じた。

「浅野君も、苦労したなあ〜〜。大変だったんだね」と声を掛けた。

それから、浅野君は、土木作業のアルバイトの時のエピソードを話した。

いろんな工事現場で働く人の姿を見、自分でも同業で働く中、汗をかき労働することで見えてくるものがある。自分なりに〝世の中に対する考え方〟が養われ変わってきた。

現場は、父親や兄の様に感じられる人達ばかりで、とても自分に優しかった。肉体労働で精一杯の生活をしていることも判った。危険と隣り合わせの現場でもあり、気を抜くことは許されなかった。

一家の柱として家族を養っていくということは〝こういうものなんだ〟と肌で判った感が

あった。

　それでも、弟分の自分は兄貴分の先輩から弁当を分けてもらうことも時々あった。そして「頑張れよ！」と大学生である自分に声を掛けてくれた。現場監督から給料を受け取った際に、「いつも真面目に一生懸命働いてくれるから褒美だ」と、大学の授業の関係で休んだ日の分も〝出勤〟扱いにしておいたと言われ嬉しかった。監督自身も大卒後間もない人だったから、〝兄〟のような存在だった。

　そうした何気ない日常茶飯事の出来事が、今でもふっと思い出される。それも涙を伴うこともあるんだ……。

「生きるということ、働くということ、〝これらがどういうことなのか〟を、今、その頃を振り返ってみて、肌で教えてもらっていたような気がするんだ」

　浅野君は、全て自分の〝心の中にしまっておいた秘密〟を表に出すように、ゆっくりと、言葉を噛みしめるように話してくれた。

　団藤は、浅野君に、「いろいろと話して頂き、ありがとう」と礼を言った。

　話は尽きず、テーブルのワインも、あまり減ることがなかった。また、互いにワインを注ぎ合い、残ったピザをつまんだ。

それから、浅野君は、彼の「芸術に触れた原点」というべき経験をゆっくり聞かせてくれた。彼の大学時代に溯るものであった。

学年末の試験も終わり、一段落した或る日、大学からも近い上野に出掛けた。東京国立博物館にて「唐招提寺展」が開催されていることを知っていたからであった。「鑑真和上」像も展示されていた。

しかし、浅野君の目的は「東山魁夷の障壁画」であった。実は、画伯の著書『唐招提寺への道』を既に読んでいたからである。特に「山雲」を見るのを目的としていた。いよいよ対面である。

現物は、想像を超えていた。それは、自然そのものというより、それにも優る圧倒的なものであった。少なくとも浅野君には、そう感じられた。

正に、「自然は芸術を模倣する」の逆説の如く、その〝芸術〟作品である。

対象は、「山雲」であり、奥深い高山の針葉樹林の波と、それに重なる様に、或いは、樹林の先端を擦る様に、或いは襲いかかる様に、立ち込めた霧が山の裾野から中腹へ、更に、上へ上へと昇天していかんとする様である。

樹林を描いているのか、濃霧を描いているのか、判らない。……というより、この両要素が示す大自然、人智を超える大自然そのものの包容力を描いているのであろう。樹林も様々な色彩を想像でき、また霧或いは雲も、じっと観ていると様々な色を感じるのである。それは画として固定されていない自然の姿である。動的である。

瞬間、濃霧も、樹林の波の先端も、同時に「ゆらいで」見えた。確かに「ゆらいでいる」。涙が想わず出てきた。

何故だろう。判らない。……が、涙が出た。

……そんな経験があったことを話してくれた。

そして彼は、ここまで話をして、次の話は是非知っておいてもらいたい……と次のエピソードを語り始めた。

この障壁画は、その揮毫を、唐招提寺の「森本孝順長老」が「東山魁夷画伯」に希望しておられる旨を知った当時の「日本経済新聞社の円城寺社長」が仲介役を果たしたとのことである（『唐招提寺への道』東山魁夷「新潮選書」による）。依頼を受けた画伯は、題材を求め、五年間程の歳月をかけて〝旅〟を続けたとのことである。

「山雲」の題材は、長野県上高地付近であることは知っていた。そんなある日、登山が趣味である彼は妻を伴って「焼岳」に登るため、「中の湯温泉旅館」に一泊した。

旅館は、松本から国道158号にて松本電鉄の終着駅「新島々駅」を通り過ぎ、いくつかのトンネルを抜け、上高地のバスターミナルへ向かう最後の「釜トンネル」で一般車輌は通行止となるその手前の〝卜伝の湯〟の信号（分岐点）を高山方面の左へ折れ、〝安房峠〟（現在は安房トンネル）の登り口を入り七曲がり目に位置する。駐車場に着くと、そこから、〝北アルプスの山々〟が見える。受付ロビーは広く、その反対側は大きなガラス張りで、近景から遠景までの山々が見える様になっている。

受付を済ませ、妻とソファーに腰を下ろし、その大きな一枚ガラスを通して見える山々を眺めていると、その窓枠の下側に、さりげなく「写真」が置かれていた。二人は近付いてみると、なんと「東山魁夷」の「山雲」ではないか。驚いて、受付の女性に尋ねると「主人を呼んできます」と奥へ行った。間もなく、ご主人が見えた。

「ご存知ですね。東山魁夷画伯の〝山雲〟を！」と声を掛けられた。

「東山魁夷先生は、真に、この場所で『山雲』を描かれたのです。先生は、ご承知の通り、この場所での景色を題材にして、独自の洗練された境地により、これから先何百年もの間、観賞に絶え得るものとして、全身全霊を傾け、作品に取り組まれたものと思います」

ご主人は、さらに話を続けられた。

「実は、ここ安房峠にトンネルが完成する前は、当旅館は、上高地方面と高山方面の道の分岐点である所、丁度、当旅館が営む『卜伝の湯』がある道を挟んだ、反対側の少し下った所にあったのです」

ご主人は、画伯を思い出すような表情だった。

「丁度、その頃、すなわち、計画はあったが未だトンネル工事は着工されていない時、東山先生が、当旅館を尋ねられて、題材を求めながら長期間逗留なさったのです。

そして遂に、この安房峠へと向かう道の〝七曲目《ななまがりめ》〟のこの場所を『山雲』の題材に運ばれたのです。

当然、当時はこの場所も草野原で、草を分け入って、イスと画材道具を持ち込んでの制作であったことと想像します。そして、私もその様な縁あって、画伯とお話をさせて頂く機会を得たことを光栄に思っております。

この安房トンネルの工事に関連して、道路拡幅工事の為、当旅館は移転することになり、当局と交渉結果、この〝東山魁夷画伯の山雲ゆかりの地〟に移転したのです。

本当に、このことは不思議な縁であると思っております」

ご主人は丁寧に説明してくださった。そして、この旅館の裏手が「焼岳」の登山口のルートの一つとなっており、登山客も多いことなどを話された。

以上の話と共に「東山魁夷画伯の唐招提寺の障壁画」の中の「山雲」について、深い知識と経験にもとづいて浅野雄三君は丁寧に話して聞かせてくれた。

その内容は、以下の様に我々サラリーマンが悩み、一定の組織の中で道理が通らないと、もがき苦しんでいる事等に、〝一つの道標〟を与えてくれるものであった。


――団藤君が、銀行という職場において、理論的に筋道が通った案件が、唯一、無担保であるという条件に因り否決されたこと。そのことを、ひとつ棚に上げておいて、次のステップを考えてみよう。

そして、「芸術」とは、我々サラリーマンにとっては、日常のルーティンワークから、非日常の世界に導いてくれる「窓」である。その窓を開いた向こう側には、〝一生を賭けても到達できないもの〟を目指し、少しでも近付こうともがき努力している芸術家がおられる。芸術家も、果てしない無窮を見据えて、もがき、苦しんで、作品と戦っている筈だ。

その様な「窓を開いて向こう側を見た時」、そのことが我々に与えてくれるものは、何か。

ひとつには、我々サラリーマンがいつも背負っている、数字、業績、ノルマ等に悩む神経を司るといわれている左脳から、変えて右脳を刺激してくれ、人間の本来のバランスをとってくれる〝薬〟みたいなものだと思う。その一時的な薬と思っていたものが、芸術に接する機会が増えてくると、かなり効き目があり「自分の目指すべき道標《みちしるべ》」はこの辺にあるのではないか、とぼんやりではあるが思える様になる。

勤務すること、いや働くことは、社会人として重要なことである。日々、同じ様に働いて、同じルーティーンの中に身を置くことは、或る意味、苦しみも味わう辛いことではある。

しかし、それは同時に報酬を得、「腹を減らしている家族」を養っていくことでもある。自らの好きなこと（＝やりたいこと）と、稼せがなくてはならぬ仕事が〝一致〟していることは、非常に稀である。

日々飽くことなく働いている中で、家族を養っていくことと併行して、一定の年月を経ると、すなわち四十代になると、一つの余裕も出てくる。それは、資金の面でもあり、また精神的な面でもある。

その辺りの年齢は、あまり道も踏み外すことはない。その時こそ、今まで若い頃から「心の中に温めてあった」自らの本当にやりたいこと（夢）を、見つめ直し、やる時（実行する時）でもある。

そして、その〝夢〟は、若い時のそれと違って〟、経験を積み責任を持った高みの位相からの夢であるからして、それなりの価値を帯びてくるものであり、意外と本業の仕事に対しても〝糧〟となり良い相乗効果をもたらすであろう。

しかし、あくまで、家族を養うために稼ぐことは継続しなければならない。余暇の時間を充てるのである。どこかの資産家の御曹司でもない限り、この二足のわらじを履くことは、止むを得ないのである。そこの一歩を踏み出す勇気を、〝芸術〟は与えてくれると思う。真に、「すること」であるからだ。

そして、日々のルーティンワークを十年、二十年と続けてきた苦労は、確固たる土台となり、少しは〝高みを目指す道標〟を選択する勇気を与えてくれる。

そのように考える。——

………

浅野雄三君は、地に着いた自論を語ってくれた。

浅野君は、続けてこのように言った。

「高山辰雄と東山魁夷の二人の作家の作品に出会ったことが、各々に於いて偶然なのだが、俺の心を、なんていうか、揺さぶったんだ。かなりのインパクトを与えてくれた。……今振り返って思うと」

団藤は、

「俺は、直截的には、芸術からの影響で生き方までインパクトを与えられるということまでは考えにくいのではないかと思っている」

と、そんな事まではあり得ないとして、少し反論を試みた。

「……う〜〜ん。ま、そういわれてみれば、自分は、それなりの行動を起こしてはいないなあ〜〜」

と、浅野君はつぶやいた。

少し、間が空いた。

二人は何気ない仕種でまたワインを口に入れた。心地好い雰囲気である。ワインは、こんな論議にはピッタリのアルコールであると、団藤は思った。

このような内容の話は、学生ならともかく、サラリーマンとなり、互いに家族を持っている立場であり、めずらしいことである。しかし、団藤にとって「浅野君の様な、自分との考え方において非常に近似的な人物に出会えたこと」が不思議でならない。何にも増して嬉しかった。

浅野君は、「このワインは旨いねえ〜〜」と言いながら、機嫌も良く、語り口調も楽しそうだ。

「だが、こう言えよう。

芸術は、今日、明日の具体的問題を解決する『答え』を与えてくれるとは思わない。この点では、団藤君と同意見である。

が、しかし、この広い、悠久の時の中に生を得、迷える者にこれから先永い人生、どの辺に行ったら良いのか、遠い未来への道標を指し示してくれる……この二人の作家は、一生を賭け、やり遂げるべき課題が、どの辺にあるのかを与えてくれる……といっても良かろう。

そして、各々一生を賭け、探し求め、もがき戦ってきた道＝芸術に対し、立派な画伯をしても、それでも成し遂げたとは考えていなかったと想像するのが妥当なところであろうと思う。未だ、未だ、飽くなき戦いに挑んでいたのであろうと考える」

「真に、〝芸術は長し、人生は短し〟であるんだと考えるよ」

「そして、この様な心境に達した時、自分の道に対しても、雲泥の差の次元ではあるが、もがき苦しみ高みを目指し、前に進まねば……との指針を与えてくれることは確かであると思うんだ」

更に付け加えた。

「団藤君が勤務する銀行という職場において、前に少し聞かされた〝正論が否決された〟という案件、それについても、そこで戦っても仕方ないと考えるんだ。『論議と論議が戦う』というのは、サラリーマンの職場では、あり得ないんだ。

〝利益を追求することを第一義とする場〟では、ピラミッド型の組織の論理が個人の正論より優先されるのは、止むを得ぬことなんだ。論議を主張し、個人で正論を通すのは、学者か評論家の道であると思うんだ。

　だが、ピラミッド型の組織の中にあっても、権限を持つ上席の者でさえも、その時々の判断について、最終的な〝評価〟を下すのは、その権限を持ち決断を下した者ではなく『時』である。

〝無窮の中に在ることと、自らが小さき者であること〟に気が付く時、その時こそ〝判定〟が下されるのである。

　従って、結論からいえば、組織の中にあって、正しいと考えた正論は『主張はする』がしかし、ピラミッドを相手に、『戦っては、ならない』。

　何故ならば、自らは、その組織を壊し、正しい組織とする権限も手腕も与えられていないからである。専ら『時』を待つのである」

　と団藤を諭すように、また兄のように優しく話してくれた。「だから頑張れよ」といわれているようであった。

レストランは落ち着いた雰囲気であった。二人は、外に目をやった。外堀に囲まれ、石垣の上に聳え建つ名古屋城がライトアップされていた。その夜景が二人の論議にも相応しく映った。

時計を見れば、十時を少し過ぎていた。

団藤は、

「今日は、この様な素晴らしい場所を選んでくれて、ありがとう。学生時代に戻ったような何か新鮮味を感じた話だったよ。深いところでは、互いに求めるところは同じなのかもしれないね………。本当に感謝します」

と丁重に御礼を言った。団藤理は、この名古屋の地に赴任して以来、職場の同僚以外でこれ程腹を割って話ができる〝友・浅野雄三君〟を得たことに不思議な縁を感じた。かつ、感謝した。

浅野君からは、

「今日は、アルコールも入ったが、良い話をしたなあ〜〜。今度、この名城公園のテニスコートでテニスをやろうよ！　夜間も十時頃まで照明があり、プレーできるんだ。互いの職場から女性も含め数名ずつ参加、うまくても下手でもそれなりにプレーすれば良いのさ。そして、汗を流した後、親交のため一杯！　というのは、いかがかねえ〜〜」

という提案が返ってきた。

「いいねえ〜〜。大賛成！　また互いに連絡とろうよ！」

と団藤は返答したが、互いに顔を見合わせた。とはいっても、考えてみれば、団藤は職務上、毎週一回以上、浅野君の会社を訪問しているのである。その時、打ち合わせも親交を深めることもできるのだから。


その後、互いの職場のメンバーは都合がつく限り、数名ずつ女性も交えて退社後のテニスを楽しみ、その後、夕食も一緒にとり、互いの職場は一層親密となった。元々、親密企業同士であり、回を重ねる毎に互いの上司も参加する程となり、この〝親交テニス〟を皆喜んでいた。団藤が転出後もしばらく続けられていた。

社宅にて——下着ドロボー事件

あい変わらず、毎日の営業活動は続いた。土、日のゴルフの練習が気休めであった。近くの東山動物園に隣接する林に囲まれた中に練習場があった。

そこで気の合う職場の仲間との練習が何にも増して一服の清涼剤を与えてくれた。

職場と社宅は常に同じ顔触れであった。が、その中で「大崎君」と「山上君」はゴルフ好きで、互いに気兼ねのない仲であった。金曜日、退社時に「明日は朝九時出発で練習に行くぜ！」と声を掛け合った。

社宅から練習場までは、せいぜい車で十分程である。静かな森に囲まれた中に在り、ボールを打つ音だけが聞える。

互いに一時間程で、練習打席から離れ、少し汗ばんだ顔をタオルで拭きながら、簡易テーブルに座り、スポーツドリンクを片手にゴルフ談義に花を咲かせるのが常であり、それがストレス解消法でもあった。

その日も朝十時頃、ひと汗かき、三人はテーブルに着いた。

山上君が、

「なかなか、アイアンを打ち込むことが難しいね。それができれば、ボールにスピンをかけることができ、うまく行くんだが……」と話し始めた。

「う〜ん、それは難しいよ。プロでないとできない技だよ。ボールを少し内側、すなわち真ん中より右に置いて、その分ハンドファーストを強くすればいいのかも……」と大崎君がアドバイスをした。

団藤は、諸々《もろもろ》のことを思い出しながら、二人のやり取りを黙って聞いていた。

練習場の打席数は、一階は四十席程あるが、休日の朝でもあり、サラリーマンでほぼ満席であった。

初夏の林の緑は美しく、陽光が新緑の間から漏れ、清々しい朝である。大崎君は、ゆったり椅子に掛けながら、団藤に声を掛けた。

山上君も、大崎君も、団藤が努力して折角持ち込んだ案件が否決となりショックを受けていることは、察知していた。同時に、同じ渉外担当として我が事の如く同調してくれた。

「団藤よ、この間の新規案件は、お疲れ様だったね。俺達二人も傍らから見ていたけど……君の案件と案件に対する君の考え方、捉え方は、『正論』だよ。

しかし、この名古屋支店は、実績を挙げるところではないんだよ。現に、今、日本経済は好景気で〝日経平均株価〟も三万円後半をつけている。しかし、この支店だけは相変わらず成績が伸びない店舗であり、それは、この店舗が開設されてから三十年以上も続いている或る意味政策店舗なんだ。

従って、この支店に勤務の期間は、努力、推進して、万が一些細なミスを犯すよりも、無難に過ごす方が得策と思う。そのことは皆が承知していることなんだ。いわば、十の実績を挙げるよりも、一つのミスを犯さないことの方が重要であり、それが、この支店を土台にして〝出世〟する方法と思う。

団藤君の努力は、皆が認めている。ただ、それを実績に結びつけるのは無理があると思う。この名古屋において、地元でもない金融機関が融資案件を提案して、『はい、担保提供致します』などという企業は皆無に等しいと考えるよ。そして『無担保扱い』でも充分対応可能な案件でさえも、〝『正論』は、『出世の論理』に負けるのが常である。〟決して勝つことはないのさ。

ゴルフと同じさ。あまり肩に力を入れず、流れに逆らわなければ意外と良いスコアが出るもんだよ。その方が、ストレスもたまらず、楽だよ」

と、仲間である大崎君は団藤のことを思って、そして心配して忠告してくれた。

山上君も、彼の話に時折うなずきながら、「その通りだよ。団藤、あまり無理しなくて良いんだから」と言ってくれた。

「そのうち、コースにでも行こうや、気分晴らしをしようぜ」とねぎらいの言葉をかけてくれた。

何にでも真面目に、精一杯取り組まねば納得のいかない性格の団藤としては、組織の一員として、全体の中での自らの置かれた立場と環境を広く客観的に見て判断するという点において、すなわち、有り体にいえば、〝組織の中で、うまく泳ぐこと〟に少し欠けていた感があった。

その日は、午後になって再度三人で歩いて行ける駅前のレストランで食事をし、飲んで社宅に帰った。二人が自分を気遣って食事してくれたことに団藤は感謝した。

団藤は、風呂に入り床に就いた。枕を胸の辺りに置き、うつ伏せで本を読んでから寝るのが習慣であった。

いつもの通りその様にして時を経て眠気がさして来た頃であった。社宅の広い前庭で、隣の田島君の声がした。大きな声だ。何やら怪しい人物の声もする。争っている。

「お前、何やっているんだ！」

「この野郎！」と男の声。

「おお〜〜い！　誰か出て来てくれ！　早く〜〜！」

と、大きな叫び声が、三階建ての社宅中に響いた。

団藤は、すぐに床から起き上がり、妻に声を掛けるでもなく、窓を開け、胸程までの高さのベランダの柵を乗り越え、三メートル程の高さを跳び下りた。

同時に、田島君と怪しい輩が取っ組み合っているのを目にし、間髪を入れず、跳び下りた勢いそのまま、その輩の背後から羽交い絞めにし、取り抑えに入った。

二対一であるから容易に輩を押え付けていた。間もなくパトカーがやってきた。

考えてみたら、咄嗟の行動であった。刃物を持っていなくて良かった……と、後から思った。

犯人は、団藤の隣の田島君の奥様の下着を盗みに来たらしい。しかし、物干しにあるのは、子供のピンクの下着であった。

警察官によれば、この輩は常習犯で、目は余り良くなく、夜間でもあり子供の下着を見間違えたのであろう……ということになった。間もなく事情聴取も終わり、その輩はパトカーで連行された。

一件落着であった。

しかし、その後、パトカーが来て、警察官が車から下りて、我々が犯人を引き渡してから、十二世帯ある社宅の全員が外へ出て来た。みんな、用心深い人達で、警察官が犯人を取り抑えたのを部屋の中から確認して、安心したので庭に出て来たとのことであった。

そして、奥様方から口々に発せられた言葉は、「団藤さんのご主人は、すごい！　勇気のある人！……」。その咄嗟の行為を褒めたたえられ団藤は少し照れた。すぐ田島君から、握手、と同時に感謝の意を受けた。

また、男性陣の誰からともなく、

「田島君の奥様は、魅力的で美人だからなあ～～」

「うちのやつなんか、下着ドロボーも来てくれないよ！」

……と聞えてきた。

その声が特定された数人の男性達は、奥様方から当然のように、皆の前でしかられた。

また、他の奥様方からは、

「うちの主人たら、びくびく窓を少し開け、障子越しに見ているのが精一杯だったよ。早く、警察に電話をしろ！　というのがやっとだったんだよ」

「パトカーが来て、安全を確認できてから、外へ行ってみよう、なんていったんだよ」

「みんな、同じだよ。うちの主人なんか、いざという時は勇気もなく、ダメだっていうことが改めて判ったね」

などという言葉も聞こえた。

この真相は、田島君が夜遅く帰宅、社宅の庭に入ると、犯人が、田島君のベランダの前に止めてあった車のボンネットに乗って、そこからベランダに干してあった下着を盗もうとしていたところに出会《でくわ》したとの事であった。

この〝捕り物〟の件があって、社宅の奥様方は勿論、社宅住まい以外の同僚、支店長にも、団藤の勇気と人格は伝わった。〝行動する〟人間として評価された。本人の居心地は良くなった。


団藤は、考えた。人の評価なんてものは、ほんの少しのことで変わるものであると。そして、その人の考え方、行動力、勇気、人を思い遣る心、などというものは、それがある一瞬、〝表に現れた時〟に他人に理解してもらえるんだと。逆に言えば、その様な機会がなく、表に現れることがなければ、それらは閉ざされたままであり、理解されることは少ないのだと。

しかし、また、更に言えることは、第一義に、自らの信条は自らの経験と努力に因り育てられてくるものであり、強くなっていくものである。ましてや、「表に出すこと」を目的にするものではなく、それは副次的なものである。意図して現れるものではない。意図せずして、止むなくともいう程に表に出るものである。

団藤は、その後、既存取引先企業の関連会社が経営するゴルフ場のクラブハウス建て替え資金を融資する等、実績は挙げた。勿論、設備資金であるからして、当然、不動産担保付融資であり、案件は順調に実行まで進んだ。

そんなことなどを経験し、赴任後、はや三年が過ぎようとしていた二月の寒い時期であった。団藤は人事異動の辞令を受け取った。実家から通勤可能な範囲の支店への配属である。名古屋の冬はとても寒い。地勢上、名古屋の北に位置する関ヶ原の辺りは、山脈がなく日本海から吹きつける雪雲を伴った風が、まともに当たるからである。

団藤は、名古屋支店に赴任してからは、寒くとも暑くとも、毎朝、五時に起床、新聞を全て目を通す習慣を身に付けていた。

それは、取引先企業の経済上の情報と、人事関連の情報の収集に漏れなきを期するためであった。取引先企業の動勢と、人事異動は、担当者としての即座の適切な対応が必要であり、時期を逸する失敗は許されないからである。その早起きの癖がついていた。

名古屋の地より転勤の辞令により地元に戻って間もない、ある土曜日の朝であった。五時半頃であったと記憶している。たまたまスイッチを入れたら「フジテレビ」であった。三十分程の美術館の絵画の時間である。最後に、「上野の森美術館アートスクール生徒募集」があった。

上野の森美術館は、フジサンケイグループが運営している。他に箱根彫刻の森美術館、美ヶ原高原美術館などがある。このくらいのことは、予め知ってはいたのだが……。

団藤は、ハッとした。次の瞬間、放映の画面から電話番号を写し取った。それは上野の森美術館アートスクールの受講生募集の内容であった。

団藤の心は、なぜだか大きな安堵感で満たされた。私が探し求めていたものが、正に「与えられた」と感じた。

名古屋の美術館で浅野雄三君と親交を深めた論議の一つの源泉が、自分に与えられたと感じた瞬間であった。言い方を変えれば、「一つの山の頂きを目指す、いくつかある登山口の一つ」が私に与えられたと感じた。

私は、その日、先方へ連絡した。

二章　上野の森美術館での風景

西村冨彌先生との出会い

幸いなことに、団藤は間もなく「上野の森美術館アートスクール」の入学手続書類を郵便にて受け取った。

この様な偶然見ていたテレビ放送が切っ掛けで、その後、約三十年の長い間、そして人生の今後を定める一番重要な時期に、芸術と向き合い、講師・西村冨彌《にしむらとみや》先生に指導を受ける戸口に立っていたとは、その時、全く知る由もなかった。

まだ、若かった。団藤は、四十一歳になったばかりである。仕事も努力により、それなりの業績は挙げていた。また、団藤自身は気に掛けもしない地位も、順調に付いてきた。同期の中でもトップのグループであった。

もし、名古屋での美術館における浅野雄三君との出会いがなかったならば、勿論、その前に、〝人生、生きるとは何ぞや〟の問いに常に自らを晒し、求め続けてきた素地がなければ、芸術に関しての、いや生きることに対しての浅野君との対話も深まることはなかったであろう。この上野の森美術館アートスクールに通う切っ掛けとなったフジテレビの土曜日早朝の美術の番組も何とはなしに見過ごしてしまい、そこに在る〝狭き門〟に気付くこともなく、扉は終に自ら開けることなく、ゆうゆうとその前を通り過ぎてしまったであろう。

何事も、看過されてしまう「事象」も、悩み、問題意識を持って生きている者には、狭き門も、固い扉も、大きく開かれて、招き入れてくれるものであることを知った。

書類を提出して十日間程であったかと思われるが、運よく面接となった。その後、毎週土曜日、終日授業に通うことを許された。

さて、これから、月曜日から金曜日は銀行、土曜日は上野の森美術館、日曜日は家族サービスと、二足の草鞋をはいて頑張るぞ、との気持ちに切り替えた。

同時に、経験したことのない「芸術の世界」に一歩を踏み出すことに、大学入学時の「不安と期待」に似た新鮮な気持ちが溢れていることを感じた。どんな人達が生徒として通ってくるのだろうか？　その中で自分が一番下手なのではなかろうか？　等の不安はあった。が、期待するものもあった。

美術館の講師の先生は、予め頂いた書類に略歴が記されていた。東京芸大大学院を卒業、スペインに留学経験のある先生である。団藤の歩んで来た道で、その様な先生にお目にかかったことは一度もなく、教えて頂くことを有難い機会であると考えていた。

団藤の住んでいるJR高崎線の最寄駅から約一時間強で上野駅に着く。四月上旬の上野は、桜の花が満開であった。時折、南風が少しの埃と共に顔にかかる。気持ちが良い。

団藤は、不安と期待の交じった気持ちで、上野駅公園口を下りた。開始時刻より一時間以上早く着いた。

この時期は、学校への新入生、或いは新社会人の初出勤等、多くの「新しい場＝トポス」への試みがある。

久々に、このなんとも表現し難い、新しい場への試みに対する〝気〟を感じた。過去にも同じ体験をした。それは、「大学のオリエンテーション」に向かう時であった。そのことを思い出し、かつ再び経験した〝新しい場〟への〝初出勤〟は、期待は皆無に等しく、不安で一杯であった。

銀杏・欅の緑が美しく、美術館への道は木々の間をわずかな幅で続き、都会の喧騒など忘れ去らせ、美術館はその光景に溶け込むかの如く趣のある建物であった。

正面の大きな入口は、未だ一般公開の時間前であり閉ざされていた。袖の位置にある通用口の手動のドアを押して入った。事務所に声を掛け、アートスクールの学生である旨、告げた。

係の女性に教室まで案内して頂いた。展示室である洒落た大きな中二階を経て二階の展示室に着く。開館前であり、二人の足音だけが響いた。大きな白壁（展示室）が一階、中二階、二階と、白い階段のみで仕切られており、全て一体と感じられた空間であった。そして後に知ったのだが、別途目立たぬ階段で上って来ることもできる。

一番広い展示壁面の中程に、ドア一枚程の僅かな仕切りの目立たぬ空間がある。そこに一歩踏み入れた畳半分程のスペースは、正面は展示壁面と同じ白壁であるが、右側白壁に小さな文字で「アートスクール」の表示がある。そこのドアを開けると、思い描いたより広々とした〝教室〟があった。

教室は、陽光の射す東側は大きなガラス張りとなっている。反対側は白壁面である。まだ開始まで相当時間もあるので、ゆっくりと室内を眺めていた。

東側の窓の下を覗くと中庭が見える。そこに、かつて皇族の方々が訪問された記念碑がある。この美術館が「The Ueno Royal Museum」となっている由縁である。

団藤は、夢にも考えていなかった素晴らしい環境で「絵」を学べることが嬉しかった。が、しかし、団藤が学ぼうとしているのは、その時点では、真に「絵」であった。決して、大それた「芸術」ではなかった。

教室は、かなり広いスペースが用意されていた。その後の話によれば、生徒数は一日二十

～二十五名程が上限であることを知った。当然「一〇〇号」サイズの大きなキャンバスを持ち込む生徒もいるわけであり、それらを考慮すれば、その辺の人数が限度であることも、さもありなんと思った。

当日は、時限までに二十名程の生徒が教室に集まっていた。圧倒的に女性が多い。男性は、見たところ団藤が一番若く、どう見ても現役で職場で働いている様に見られる方は、他に居なかった。

団藤理は、三月生まれで、四十一歳になったばかりであった。働き盛りであった。同時に家庭でも大事な年齢になっていた。ウィークデーは夜中の帰宅であり、毎週土曜日は自らのために使い、日曜日は家庭のために、と一週間の計画は立てていた。家族の理解なしに毎週土曜日、一日費して上野迄通うことなどできないことである。家族には感謝である。

家業の「農業」も忘れてはならない。当時としては大地主であった。田畑併せ二町《ちょう》（二十反《たん》）ほど所有していた。大型トラクター等、農業用機械は備えていたものの、父母二人のみでは無理であった。

当然団藤は、長子として助力せねばならなかった。従って、これら自らを取り巻く「やらねばならぬこと」が重なった場合、各々の事柄を天秤に掛け、絵画の教室を休み、家業の

「農業」を手伝う事を優先することもしばしばであった。

生徒が集まって間もなく、講師の先生がお見えになった。学校の化学の授業等での実験用の着衣と同様の白の上衣を身に付けておられた。いくつかの絵の具の汚れは、画家の風格を感じさせるものであった。

生徒には作画用の椅子が用意されていた。各々、思い思いの場所に腰掛けていた。それは丁度、小学校の木造の椅子であると思われた。おしりの大きい人には少々窮屈と思われたが、皆、静かに腰掛けていた。

この教室の一番奥の角に、ホワイトボードが設置されていて、その前に、講師の先生は立った。「西村冨彌」先生であった。団藤は、前述の如く、「芸大出身」の講師であることを知っていた。

「芸大出身の画家の先生とは、いったいどの様な方なのであろうか？　また、その方の『人となり』はどの様なものであるのか？」

期待は、かなり大きかった。現役の多忙な銀行員が四十一歳という年齢で毎週、この美術館に通う覚悟を決めたのは、以下にある。

それは、絵の「技法」を学ぶためでは断じてない。「芸術とは何ぞや」の入口に立ち、かつ同時に、この「芸術に一生を賭けておられる画家の姿と考え方」の一端でも見、識りたかったからである。

西村冨彌先生は、挨拶の後、簡単に自己紹介をなさった。次に、この教室の「目的」と「スケジュール」等を話された。その中で、特に団藤の記憶に残っているのは、以下の先生と生徒のやり取りと、その後の話である。

「皆さんは、二十歳前後の画学生と違って基礎のデッサンから学び、一つ一つの段階を経て学んでいくという方法は、それはそれで重要な事ではあるが、年齢的には、それでは目的とするところに追い付かない。デッサンのみで終わってしまう。

勿論、皆様の中には、美大を卒業なさった方もおられるが、その方々のためにも……」

という様な内容の話をされた。すると、ほんの少しの間を置いて、「先生！」と、生徒の一人が手を挙げて、イスから立ち上がった。

「先生、それでは、私達は絵を学ぶには年を取り過ぎたということですか？」と、ハッキリした口調で、少し怒りを込め質問、というより意見を述べた。

他の生徒は、各々、適当に割り振られた位置でイスに腰掛けている。二十人程の生徒である。

皆、黙って、先生が「この難問に如何に答えられるのか？」を期待して待っている様に、団藤には思えた。

団藤は、落ち着いて教室を見渡した。本日の課題と思われる対象物が置いてあることに気付いた。一つは、教室の半ば程に置いてあるテーブルに、上の淵が大きく開いている白い花瓶に生けてある、一つ一つの花がこぼれ落ちそうな程大きく開き生き生きとしたマーガレットの花束である。葉の緑と花の白のバランスが美しい。

もう一つ、課題らしきものを団藤は見つけた。それは、教室前方の天井から細長く切られた、断面が割り箸の様な、各々三〇～五〇センチ程の棒が、不規則に糸で結ばれ、天井より垂れ下がっている。縦糸の長さも各々バラバラで、横棒も水平のものもあれば斜めのものもある。

とても「これは違うのではないか？」とも思ったが、「いや、これも絵の題材であるかしら……」とも想像した。

ふと我に返り、団藤は思った。先生の立っておられる壁面の反対側から見える窓越しの景色は、これから本格的な春を迎えんとする少しずつ色付き始めた新芽の緑と満開の桜である。新鮮である。「開校」に、年はとっても、期待に胸をはずませ集まってきた我々である。

西村先生は、少し笑みを浮かべながら、ゆっくりと、やさしく答えられた。

「そんな風に捉えられたのであれば、申し訳ない。言葉が足らなかった」

しかし、それはこの様な事柄が「本題」ではないからであった。

生徒は、予め美術館事務局の方から指示があった様に、各自のイスの横にスケッチブック、または一五号以下のキャンバスと、水彩または油彩の一式を用意してきて置いている。

西村先生は、続いて話された。これが、先生の生徒に対する〝本題〟である。


この教室で学ぶことは、一年間単位であり、皆さんに案内されている通りである。静物・人物・風景等を対象として、個々の技術面等については、その都度、個別に対応していきたい。


それは、凡そ、理論的にいえば、色彩については〝色環〟〝補色〟等であり、構図としては〝遠近法〟〝黄金比〟等がある。しかし、例えば永い歴史を経て完成してきた遠近法についても、現在は、これに挑戦し、これを壊し、立体を超越した「平面」、すなわち三次元で成り立つこの世界を、二次元の平面上に描き表さなければならない、一つの矛盾ともいうべきものとの戦いである。

この事一つをとっても挑戦し続けている作家がおられる。伝統的・古典的技法の上に、長年の絵画の歴史が積み重ねられてきたが、その中に、新しい時代を画す挑戦者が必ず輩出されてきている。「時代の寵児」である。ピカソも、三次元のこの世界を二次元のキャンバスに表現することを探り続け、一つの回答を得た。「一九三七年のドラ・マールの肖像」は、それであろう。

……更に続けられた。

皆さんは、この美術館に「絵の技法」のみを学びに来られたわけではないと思う。それだけであれば、様々な技法に関する書物は世の中に充分用意されている。皆さんの大切な時間を費して、近い人も遠隔地からも来られている。そういえば、新幹線で関西の方面から通われておられる方も、いらっしゃると事務局より伺っているが……。その様な意欲、熱意を持たれて、期待し通われている皆さんに、この教室において、一応、一年区切りで最大五年程の期間通うことが可能であるが、この様な限られた期間において、私が、伝えることができるかな？　と考えるのは、真《まこと》に、芸術とは、「真・善・美」の追究である。

すなわち、取りも直さず、「哲学する」ことである。

従って、この「芸術」に立ち向かい、苦悩し続け、求め続けておられるのが「芸術家」である。芸術家然として装っている人と、真の芸術家を見分けなければならない。

今日、ここに来られた皆様は、この「真・善・美」の追究という課題に〝立ち向かう一歩〟をここに踏み出したのであります。従って、この教室においては、「対象物をそのまま写真の様に唯単に写し取る如く描きなさい」ということではないことは、ご理解頂けたと思う。

皆さんの大切な時間を、人生の限りある時間を、この教室の学びが皆様の人生の一つのエポックを画することになれば幸いと考えます。

開講にあたっての講師・西村冨彌先生の「講義」だった。

それから、今日の実技に入った。既に教室に準備されている二つの対象物、すなわち、一つは〝マーガレットの花の生けてある花瓶〟もう一つは〝天井から吊るされた何本かの糸で結びつけられた長短の異なる平行なもののない数本の棒、というわけのわからぬ構造物〟である。

二十名程の生徒のほとんどは、〝マーガレット〟を選択、もう一方の〝天井から吊るされた棒〟は誰もが敬遠した。先生は、仕方ないという風に、全ての男性六名程を〝棒〟の方へ移る様に指示された。

六名の男性は、〝天井から吊るされた棒〟を囲み腰掛けた。首が上を見ていて疲れない程の距離を保って、少し離れた。団藤を含め、皆しばらく上を見て眺めた。悩んだ。描き始める者などいない。「天井と糸と棒」を見て、どう描こうかと考えた。それを、どう奇麗に描いても、どう正確に描いても、〝糸は糸〟〝棒は棒〟のままで魅力などはあり得ない。

隣のグループは〝マーガレットの花〟である。それはそれで描く意欲を高めることは可能である。しかし、大事なことはこの題材に対して、〝糸〟も、割り箸のような〝棒〟も、何が題材の目的なのか？

団藤は、先程の西村先生の講義を思い出していた。なるほど、「真・善・美」の追究とは書物で活字を見たことはあるが、講師の西村冨彌先生の口から発せられた言葉は、自らが、その道を葛藤しながら求め続け歩んでおられる画家の〝真の言葉〟であった。そのことにこそ、団藤は感動した。


思考は、止まった。

「題材」を前に十分程経った。悩んでいる男性陣に向かって、西村先生は隣のグループからこちらに来られた。

先生は語り始めた。

「皆さんには最初から難しい題材を課題にして申し訳ないと思うが、逆に考えれば、早くにこの様な課題に挑戦することが、これから先、悩み迷った時の一つの解決の糸口を見つけるヒントとなると考える」

これもまた衝撃的な言葉であった。

「結論からいえば、この課題は、〝モンドリアン〟を知っている人は一つの解決策を見い出せると思う。〝灰色の木〟（一九一二年）と題された作品は、複雑に絡み合った木の枝とその背景を描いた作品である。言わば、背景を描いていくことに因り〝木〟を表す。あくまで、〝背景〟と対象物である〝木〟の価値を同一に扱っている。〝木・主体〟を描いて、次に〝背景・従体〟を描くのではない。すなわち、両者の価値は、描く対象としては等しい、同一である、という考え方である（団藤は、後に画集にてこの作品を確認し、そこに載っていたモンドリアンの肖像写真は正に〝画家〟というより〝哲学者〟の顔であると見えた）。

従って、この題材において、対象である〝糸〟〝棒〟と背景の〝空間〟〝空気〟は対象の価値としては同一と考える。そのことを認識して描くことである。

かつ、〝空間・空気〟も、のっぺらぼうではない。厚みがあり、強弱があり、色彩がある。これ等の一見、〝見えないもの〟を対象物の糸、棒等と、同質・同価値として、一体として描いていくということになる。

そして、一つの〝案（＝方針）〟が得られたら、一気にそれを具現化していく。そこまでで完成である。それ以上、〝この対象について〟何日も悩むものでもない。それはまた、異なる題材にて新たな認識をもって対応することになる」

……そのような、他ではとても聞くことのできない絵を描くことの真髄を語られた。

西村先生は〝マーガレットグループ〟の方へ行かれた。ほとんどの生徒は、すぐ描き始めていた。あまり悩んでいる様子は見られない。

西村先生は、言葉にはユーモアを交え、笑いを誘いながら、的確に重要な事柄をさりげなく指摘された。団藤も一メートルと離れていない位置にいるので、まるで自分が言われている様に聞こえる。

と、突然、〝マーガレットグループ〟の方へ行かれた先生が戻ってきて、

「皆さんは、皆すごい画伯なんだねぇ〜〜」

「○○画伯」と特定の生徒の方を見て、名前を言われる。「与えられた対象を見て、直ぐに筆を執り描き始めるなんて、とても素人にはできない神業だねぇ〜〜」

先生のアドバイスは、こうだ。

まず、与えられた対象をどの様に描くのか。画面（キャンバス）に対する対象物を「主題」としてどの様に捉えるのか、それに因り、位置、大きさ、色彩、或いは背景、余白等が

決定される。更に、背景、余白も、主題と同様、重要である。

構図上の一つのヒントとしては、「黄金比率」、「遠近法」等がある。或いは、「ベルナール・カトラン」の如く「平面、或いは平面分割」として「形」と「色彩」の微妙なバランスを追求していくのか……その様なことを念頭に、対象物を見、自分の思考と対話させ、自分の「主題」（課題）にとって最も適切であると考える方法を選択する。

このことに最も苦慮し、時間を費す必要がある。かつ、この様な事柄、「芸術」に対しての「自らの態度」そして「技法」等を考え、結論を出す。そうした一連の流れは、皆さんが今まで経験されてきた、「一つの問題が予め設定されていて、それに対する答えを導き出し」、更にその「答えは一定されている、否、〇×というように決められている」という〝既存の思考の道程、道標とは、全く異なる〟ということです。

すなわち、〝問題もない、答えもない〟この様な、先も見えない「濃霧」の中に独り立ち、自ら〝問題を見い出すこと〟に因り、かつ自ら〝その答えを探し求めて〟、〝道標〟を探し求め、旅立たねばならないところに、「芸術の道」があり、その事は、「一生賭けても、道標は、先に、また更にその先に行ってしまう」ものであろう……と考える。

正に、「芸術は長し、命は短し」であろう。そして、その為に、今からでも遅くない、出来得るだけ多くの作家の「人となり」を知り「作品を鑑賞」すること。その様に考える。

西村先生は、大事なことをそのようにわかり易く話された。

この日の画家西村冨彌先生の「講義」と「実技指導」は、夕方五時過ぎまで続いた。

が、しかし、この日の「講義」は、四十一歳になったばかりの団藤にとって、この時から先ずっと永く、生きていく上での一つの精神的な大きな「支《ささ》え」となっていくことになった。

団藤は、この時の情景を何度も記憶に蘇らせ、反芻することになる。だが、この時のこの時間が、そしてこの「真・善・美」の重みが、団藤の背骨を太く、真っ直ぐにしていく原点になったことに気付くには、未だ微力すぎた。

しかし、形だけでも、このことを原点に、「大きな自信＝信念」を持って四十一歳の団藤は歩んで行くこととなる。

団藤は、この美術館の講師である、画家「西村冨彌」先生の話された「言葉の一つ一つ」に、重みを感じ身震いする程であった。四十歳にもなった者を、「新しい世界に幼児《おさなご》の如く手を引いて」、連れて行って頂く様に思えた。

団藤にとって、四十歳になっても、この芸術の世界では、真に、一歩を踏み出した幼稚園児であり、手を引いて導かれることとなくしては、入口にも立てないものであると考えた。

団藤は、隣のグループの〝マーガレット〟の絵を見せてもらい、自らの頭の中が整理されないまま描いた〝糸と棒〟の絵を改めて見た。見るに忍びない、幼稚園児の絵の方がまだましだ……と思えた。

生徒の全員が迷っている姿を見兼ねて、西村先生は助け舟を出された。

画は、或る意味、「音楽」と同じである。「序曲から始まり、幾つかの小節を辿り、最終章まで」導かれる。………それと同じである。最初に観賞者の視点が、ある対象物にポイントとして向けられる。そして画面を辿り、幾つかの興味を注がれた形、色彩を捉え、最後は遠ざかって全体として観賞する。なお更に観賞しても、余韻が観る者を画から離さない。観る者を画面上に辿らせることが重要なのだ。その様に描く（制作）ことが大切である。従って、〝かなり困難なことに挑戦する〟こととなる。そのことが一つの課題である。

団藤は、その〝一つ一つの言葉〟を聞いて、その〝一つ一つの重み〟を感じると同時に、〝この壮大な宇宙〟の様なものそのものを自らがどう捉えるのかを、そしてその考え方を自分の方針（道標）として一つの画面（キャンバス）に表す必要があるのだと思われた。

ふと、我に返り、自らの思考と、実技としてのキャンバス上の作品とのギャップから、気が狂いそうであった。どうにもならない自分に冷や汗をかいていた。

隣のグループの〝マーガレットの花〟の作品を眺めると、団藤にとって、この様に描けたらいいなと思われる程の魅力ある作品が見られ、なお一層の焦燥感と劣等感を感じた。そのような、美術館での初日であった。

人物・ヌードモデルの制作

時は、数ヶ月を経て、秋となった。

作画の対象も静物画、風景画と進み、「人物」となった。

団藤は、予め心の準備をしておこうと考えたが、結果は徒労に終わった。それは、描き方をどうするのか、という検討であった。

線を用いて表現するのか……、人体は、その重力をもって空間に位置する主体として、空間と人体との接点、空間と人体の存在との境い目を単に線にて表現するのか、或いは色彩を用いて背景・余白との「せめぎ合い」にて表すのか、という迷いである。

また他方、スペインの画家「ベルトラン・ボフィール（Beltran・Bofill）」の作品を想い浮かべた。人物の色調と背景とが溶け合って、或る意味一体となっている表現である。

そんな事で頭の中が整理が付かないうちに上野駅に着き、教室に入った。既に、生徒達は互いに馴染みとなっていた。二十名程の生徒のうち、男性は六人であり、団藤を除いては皆、リタイア組であった。

教室は、真ん中のモデルの位置する場所に二〇センチ程の高さの畳一畳程の台が設けてあり、そこを囲んで、前列の生徒が後列の生徒の目にモデルを遮ることのないよう、イーゼルが二列の円形かつ互い違いに規則的に置かれている。

そのイーゼルの下には番号を記したハガキ大の紙が置かれている。抽選にて描く位置が決定される仕組みである。考えてみれば、モデルに対して正面、両側面、後方を、ぐるりと囲む形となる。

講師の西村先生によれば、一般的に美大の実技試験も同様の「形式」にて行われるとのことである。モデルの「正面」よりも、一般的には不利と思われる「後方」の方が良い作品が生まれる可能性もあるとのこと。生徒達は納得して抽選のクジ引きを行った。

モデルの女性が入ってこられた。薄い、白い貫頭衣の如きものを身に付けていた。団藤は、大抵クジ運は悪く、今回もモデルの背後の位置にあるイーゼルにキャンバスを置いて、イスに腰掛けていた。

他の生徒を見回すと皆落ち着いて見える。団藤にとって「モデル」を対象とするのは初めてであり、まして「ヌードモデル」は……。

胸がドキドキしてきた。画を描くどころの騒ぎではない心境である。どの様な構図にするか、色彩をどの様にするか、などどうでも良くなってきた。まして、真っ白な貫頭衣姿のモデルは「美人」である。間を置いて団藤は心を落ち着かせ考えを巡らせた。

描く人物或いは裸婦像を観る者に色気を感じさせる様では、それを目的とした作品でない限り修業が足りない。

その意味では、むしろ着衣より「裸」の方が良い。それは、この空間に「位置を占めて存在する」こと、そのものを表さねばならないからである。「着衣」は、それに目を奪われ邪魔となるからである。

そして、それは、求められる「美」、すなわち「真・善・美」の「美」でなくてはならない。いや「真・善・美」そのものが求められるものであると想う。

例を示そう。髙山辰雄の、一九八五年に発表された「森」と題する作品である。

父・母・姉と乳飲み児である。全員が「裸」である。違和感など全くない。着衣でないからこそ表現されるものがある。幼な児は、母親の左の乳房を幼い指で触っている。「森」という題の作品は、「家族」の有り様《あよう》を示している。この世の中に在る、そしてその位置を占め、固い絆で結ばれ存在する家族である。

立位の父、娘、座った母親、そして半腰に母のヒザの上に乗り、軽くやさしく差し伸べた母の手に抱かれている幼な児。空間の中央をどっしりと占めている家族の裸像は、背景との輪郭は線描ではない、幾分あいまいである。

家族が父親を頂点として一つの固まりとして捉えられ、その中で、各々の顔の向き、表情は、無窮の中に置かれ、互いを心深く想いやる姿である。構図は、父を頂点とした、二等辺三角形に近く、どっしり安定感を観る者に与える。正に、大宇宙の中の「森」である。「家族」である。

この作品は、言葉では表せない、様々な事がらを呈示し、そして考えさせる。だからこそ「名画」なのであろう。壮大な宇宙、無窮、生きていく上で、将来現れるであろう不安。それらに立ち向かわんとする、個人ではなく〝家族としての絆〟を感ずるのは、私だけではないであろう。

……そのように団藤は考えた。

この「域」に達することは、凡人の私にとっては不可能である。才能のある画家が、更に一生を賭けて達することのできる〝域〟であり〝道〟である。

しかし、凡人ではあっても「目指すこと」だけはできる……などと考えを巡らせていた。

団藤にドキドキなどしている暇はなかった。モデルの女性は貫頭衣をサッと脱いだ。ポーズをとった。

固定ポーズは三十分で、五分間の休憩を挟み、それを何回か繰り返す。

或る意味、「モデル」と「画家」（この場合は生徒）は、一種の「戦い」である。何故ならば、モデルの女性の中には、五分間の休憩の間、生徒達の間を「見て回る」人もいる。どの様に描いているのか興味があるのであろう。或いは、挑戦的であれば、生徒の後方に立ち止まり「上手《うま》く描いてね！」「下手だねえ〜〜」と言われている様に感じる態度で見て回るからである。

午前中は、「立ちポーズ」であったが、午後は「四つん這いポーズ」であった。

団藤は、困った。モデルの背面の位置である。「キャンバス」と「モデル」の間を何度も目を移したが、どの様に「配置」し「色調」或いは「背景」をどうするのか、考えようもない。対象は「大きなお尻と陰部」のみである。その先に、わずかに背中の一部と両肩の盛り上がった筋肉が見えるだけである。線描すれば、極端にいえば「リンゴを縦に切った切り口だけ」である。

団藤は、覚悟を決めた。「形」を線描写するのか、「色調」を重視し背景、余白と対象を明確に区別することなく人物と背景を同価値として描くのか。「形」を中心に細密画を描いても、どうにもなりはしない。かつ、技量が追い付いていかない。従って、団藤は後者の方法を決断した。

三〇Fキャンバスを縦に使って、木炭にて大まかな形を画き、パレットには明るめのグレーを混色にて作り、横にカドミュームイエローデープとカドミュームレッドと、ジンクホワイトを多めに置いた。

団藤は、自分の画風が、というより形をとるのが下手なため、明確な輪郭による表現よりも、背景と対象を同一価値として捉え、色調も柔かいものを好むことから、結果的にフランス製の絵の具「Le franc《ル・フラン》」を使用していた。が、後には混色の色合いと発色の美しさに魅せられ、イタリア製の「MAIMERI《マイメリ》・PURO《プロ》」を使うようになった。

例えば、「Primary Blue《プライマリーブルー》」と「Zinc White《ジンクホワイト》」の二色の混色にて得られる色彩は、青と白の絵の具の量の対比に応じ、各々の段階に素晴らしい発色の色調を得られる。

地塗りを、明と暗の部分を少しの変化にて区別し、終えた。色調は、全体を明るいグレーとし、人物は、そのグレーに僅かなイエローとレッドの使い分けにより光と陰の区別をしながら進めた。自宅での制作を含め、二週間の日程での実技であった。

次に「男性のヌードモデル」の講座もあった。その際は、先生は「ミケランジェロのダビデ像」の話をされた。更に、バチカンに在る「ピエタ」と、ミケランジェロの遺作「未完のピエタ」の荒削りの彫刻刀の跡が残されたままの立像を話題にされた。「未完である」からこそ、観る者をして、絵画でいう余白と同じく想像を掻き立てるものがある。

団藤も数年前、「実物」を目にし、案内人から「作家が死を前にした、未完の作です」と説明を受けた時、その「ピエタ」の荒削りの〝のみの跡〟にミケランジェロの〝もう力を振り絞ってものみが入らなくなっていく腕と手先を見〟………という解説に思わず目が潤んできたことを思い出した。


野外での風景画の制作も楽しかった。

やがて一年を経た。それまでの間も、時には西村先生から、講座終了後、場を変えてコーヒー或いは時にビールを飲み交わしながら、様々なお話を伺う機会を得た。

そんなある時、西村先生が師と仰いでおられる方とお会いした。夕方、それは、画家西村冨彌先生の個展が、この上野の森美術館において開催された初日のことであった。

この時、年を召されたご夫妻が見えられた。ご夫妻は、西村先生のご案内にて、一緒に作品をしばらく観ておられた。その後、場を変えて、ご来賓のご夫妻と西村先生と、ご一緒させて頂く機会を得られた。

実は、団藤は予め、西村先生から、ご来賓のご夫妻について伺っていた。その際に、団藤は、西村先生から伺った「三輪福松《みわふくまつ》」教授について、慶應義塾大学一年の美術の講義「エトルリアの芸術」を受講した旨の話を伝えたことが、この面談の縁であった。教授は、戦後、第一回イタリア政府給付留学生としてフィレンツェ大学に学び、後に小淵沢にある「清春《きよはる》白樺美術館長」等を歴任した方である。

その晩は、先生と教授ご夫妻との話に団藤は耳を傾けていた。その話の中で、先生から団藤が慶大一年の時、教授の講義を受講した経験がある旨、教授に伝えられた。

一時間程の歓談を経て、教授ご夫妻がご高齢でおられることも考慮し、タクシーを手配し見送った。但し、先生と教授は、山梨県小淵沢の「清春白樺美術館」、すなわち〝ラ・ルーシュ〟という集合アトリエの建物にて再会なさることを約束しておられた。そして、その際に団藤も先生に同行させていただくこととなった。

団藤は、自分にとり興味のあるものは保存しておく癖があった。その晩、帰宅後自らの部屋の本棚に、三輪福松教授著の『エトルリアの芸術』という教科書があったのを確認し、手にとった。開くと、当時の試験問題が挟んであった。二つ折りにしてあり、それなりの時を経て、問題用紙は黄ばんでいた……。

団藤は、初夏の山梨県のＪＲ中央本線と小海線の分岐の小淵沢駅に、西村冨彌先生と共に降り立った。

遠景に南アルプスの雪を被った山脈が見える。春の訪れが遅い山は、今、白い「辛夷《こぶし》の花」が満開である。淡い花をつけた「山桜」の木々も山を飾っていた。空気も爽やかであった。

タクシーに乗り、〝ラ・ルーシュ〟のある「清春白樺美術館」に向かった。その美術館は、廃校になった小学校跡地に設けられたものである。百年以上も経たと思われる古木が地面にまで垂れ下がった満開の見事な桜並木に迎えられた。その昔、生徒達がこの庭で遊び戯れていた姿が偲ばれる。背景の雪の南アルプスの山脈が、この美術館の一連の建物の風景を一層、際立たせている。

敷地の正面に、〝ラ・ルーシュ〟と呼ばれる三階建、多面体のアトリエがある。その建物に対し、正面から見て右方向手前の少し離れた場所にレストランがある。そこが、「三輪福松」教授との待ち合わせ場所となっていた。

教授は、前日に着いて、美術館内の宿泊施設に泊まられた。夫人同伴とのことであったが、夫人は気をきかせ、面談中は庭を散策しておられるとのことであった。

先生と団藤はレストランの入口に立った。一番奥のガラス窓越しに景色が眺められる席に、教授は座っておられた。

挨拶を終えると、団藤は先日夕刻お会いした際は慶大卒とのみ告げただけであったため、改めて正式に名乗った。慶應義塾大学、第一一四回、昭和四十八年卒であり、教養課程時に三輪教授の講義を受けた学生であった旨を伝えた。そして、その証し、というより、教授自身も懐しく思い出されるのではないかとの思いから、自分の書棚に保管してあった当時の試験問題を胸のポケットに入れ持参していた。

試験問題は、A４判一枚。課題は二問、うち一問を選択の上、解答せよとの内容である。
一、エトルリアの彫刻的造形の後代（ローマ時代、中世、ルネッサンス）に及ぼした影響について
一、ミケランジェロとエトルリアの芸術との関係について
この件につき予め西村先生には了解を得ていた。

二つ折りに著書の間に挟んであった古びた問題用紙を、団藤は三輪教授に手交した。卒業して二十年以上を経たものである。

教授は、懐しい様子で「どれ……」というように私の手から受け取り、二つ折りのA4判の用紙を開かれた。ご自身で書かれた問題であるのに、何故そんなに詳しく見ておられるのかと思う程の時が経った。

教授は、その一時《いっとき》を経て、話を始められた……。


確か学生運動（安保闘争）が各大学で行われていた頃であったと記憶しているが、幸い慶應義塾は影響を受けず、全ての授業は滞《とどこお》りなく進められたのだが、時代背景はその事によりある程度正確に記憶している。

そして正にその頃なのだが、「平野守生《ひらのもりお》」君という学生は、団藤君の同級にいなかったかい？

「守生《もりお》」君という名も記憶に残る名であるが、それよりもなお、彼の試験問題の「解答」が非常に秀《すぐ》れていた。論理の視点が斬新で、教授自身が驚いたために、長年経た今も記憶に残っているとのことであった。

三輪教授によれば、平野守生君の解答の概要は次のようなことである。

キリスト誕生以前の旧約聖書によれば、長年人々に救世主の出現が期待・希求されていた。

その旧約聖書のストーリーに沿う形をもって救世主＝キリストが、人の姿にてこの世にもたらされたとしている。更に、「神」・「キリスト」・信ずる者の心に宿っている「聖霊」をもって「三位一体」という。

この辺りのことをヒントとして、エトルリアの芸術を歴史的・時系列的な契機として結びつけたものと記憶している。「論理」というより「推論のロマン」を感じた。

……そのような記憶があるとのことであった。

団藤は、三輪教授の話されたことにより、思いがけなく、慶應大学時の旧友「平野守生」君を想い出すこととなった。

団藤の精神的な支えとなって、常々、そして場面場面においての、筋道を立てた「論理的な考え方」の形成は、正しくこの時期であり、このことは、何人かの同級生の中でも特に「平野守生」君のお陰であると考えている。

この頃の同級の仲間には、後に弁護士となった「夏目俊通」君もいた。彼もまた、「平野守生」君と同様「論理的」であり「哲学的」思考を身につけた友であった。

団藤は、自分の、今在る「精神的な支え」となった大学時の仲間達との語らいの場面場面に想いを馳せていた。或る意味、大学の講義、書物よりも、団藤は彼らから影響を受けていた。彼らとの討論・論議は、大学のゼミよりも真剣であった。互いに勉強していないと話題について行けなかった。難題に当たっては、互いに温かく知識を補い合った。

その風景が思い出される。懐しい。団藤の思いは、既に学生時代に移っていた。時は溯る。以降、団藤理にとって、精神的な支えとなる考え方を育んでくれた友との回想――いずれも二十代の時の経験であるが――慶應義塾大学での風景／金沢大学と友の下宿での風景／竹箒事件と友との二十年に亘る決別――を記《しる》す。団藤理の青春そのものであり、その後の生き方を選択する道標《みちしるべ》の中核を成すものである。

三章　慶應義塾大学での風景

アルバイトと教会

団藤が大学入学時の家は、祖父、父母、妹三人の七人家族であった。家業は、かつての酒造業は廃業となり農業に変わっていた。

更に、団藤は二年間大学受験浪人をしたため、同じ年に妹も東京の大学に入り、家計は楽ではなかった。

そのことを、団藤本人は充分認識していた。従って、都内にて家庭教師を二件、更に、夏休みに限り〝土木作業員〟のアルバイトを行った。

家庭教師先は、サラリーマン家庭の長男と開業医の娘の二件であった。が、とりたてて話す程のことはない。

土木作業員のアルバイトは体力を要した。場所は、晴海埠頭に近いマンションの建設現場であった。家を早く出て、JR高崎線の最寄の駅を六時頃の電車に乗り、東京駅八重洲口から当時まだエアコンの設備もない混雑したバスに立ち乗りし、二十分程で現場に着く。着いた時には、既に汗だくである。下着もびしょ濡れである。

仕事現場は十二階建てマンションである。団藤の仕事は、一階の地面に止めてあるコンクリートミキサー車から、丈夫で厚く重いゴムホースが各階まで延びており、その口から排出されるドロドロになったコンクリートを、一輪車でコンクリートを打ち込んでいる現場まで運んで行く作業である。なにせ一輪車である。バランスを崩せば倒れ、後始末が大変である。所々はまだ床が張ってない箇所もあり、危険である。落ちれば命はない。夢中で働くのも良いが、危険を感知しながらの作業が必要である。毎朝の朝礼時に監督から事故事例が示されることがあり、身震いすることもあった。

勤務時間は、朝八時から夜六時迄。今、考えれば、八時間労働プラス残業二時間の計十時間の労働が定着していたのであろう。

給料は〝日給月給〟で、アルバイトでも一日十時間働いて一万円程であった。後になって考えれば、当時としては破格の高額であった。ちなみに家庭教師は週二回で、一ヶ月一万五千円程であった。

その四年後、団藤は銀行に就職したが、初任給は八万円程であった。従って、仮に換算すれば、アルバイト八日間で銀行員の初任給、すなわち一ヶ月分を稼いでいたわけであった。時代は昭和三十九年の東京オリンピックを終え、その約五年後であり、高度成長期の経済環境下にあったがためである。

このアルバイトは、実は、父に連れられ一緒に稼いでいたのであった。現場の監督は大学卒業後間もない、団藤にとり〝兄貴〟の様な存在であった。彼もまた、団藤を実の弟の様に対応してくれた。団藤も、その気持ちが判り、それに応えるべく一生懸命働いた。

後に、父から聞いた話であった。給料は、父が団藤の分も一緒に受け取っていた。当時は、現金支給であった。その際、団藤も一ヶ月の間には学業の都合で休むこともしばしばであった。また、現場は工期が限られており、日曜、祝日もなかった。その様な環境下にあって、団藤は一ヶ月の間に合計十日ほど休んだが、欠勤日数は三日間程となっていたとのことであった。

父も喜んでいたが、団藤も兄貴の様な監督の格別な配慮に、他の同僚労働者への配慮も考えて「有難とうございます」とだけ機会をみて御礼の挨拶をした。監督からは、「頑張ってくれてるね。但し、事故のないよう気を付けてやってくれよ」とやさしく声を掛けてもらった。

団藤は、とにかく、働きに働いた。帰りの電車は眠る時間であった。汗だくのシャツは帰宅時、現場で着替えたが、満員のバスに揺られ東京駅に着く頃には、再び汗びっしょりとなっていた。汗の臭いは本人は気にならないものである。周りの人は、どう感じていたのかは知らないが……。そういえば、近くに人は寄ってこなかったと記憶している。

いずれにしても、当時の大学の入学金は二十万円程であり、年間授業料は十八万円程と記憶しているが、入学金以外は四年間の大学生活の費用は全て団藤は自ら稼いだ。妹の大学費用は家計で賄った。三人の妹のうち、次の妹も大学に入り、三人が大学生の期間は数年続いた。

団藤は、土木作業のアルバイトのお陰で家計の収入に役立ったこと以外に、筋肉は付き、体格も良くなった。今、ゴルフをやり一定のレベルを保てるのも、この二十歳の頃の肉体労働で基礎体力を作ったお陰であると考えている。

また、父親も農業の合い間に土木作業員として働き、団藤は、その背中を見て育ってきた。団藤本人は、このアルバイトを父に誘われた際は〝当然〟と考え、前向きに受け取り、一緒に真夏の暑い間も働いた。

それは、団藤にとって、別な側面から考える新たな機会を得る最適な体験となった。すなわち、「であること」(或いは肩書)の対岸に在る「すること」を目の当たりにし、その〝人となり〟に接する機会を得、感動したのであった。若くしてこの経験を得たことは貴重であった。

「すること」の実践者としての労働者にとっては、肩書などを求めることは無意味であり、正に出稼ぎの労働者は故郷にいる家族を養うために働いている。団藤は、父親と共に母親が持たせてくれた弁当を、仲間と共に食べた。おかずは互いに譲り合って食べた。互いの会話は言葉少なであったが、各々に訛りもあり、味わいがあった。
東北地方から、出稼ぎに来ておられる父親が何人もいた。皆、祖父母、妻、息子、娘達のために出稼ぎに来ているとのことであった。集団にて寝泊まりしての労働はきついものである。

兄のような監督の下で学生時代の毎夏期、アルバイトをさせて頂いた経験は、団藤の人格形成に大いに役立った。そして共に汗水を流した同じ現場労働者仲間の温かい心遣い、本人が苦労しているが故に更に慈愛をも感じさせる心遣い、それらのことは団藤の人生に於いて、難しい局面、或いは苦渋の判断・決断をせねばならぬ局面において、何を重要視し、何を根本に置いて判断すれば良いかを、体験として教えてくれた。
当時の言葉として、〝人を形《かたち》にて観る〟時の基準として「ブルーカラー＝現場労働者」と「ホワイトカラー＝事務担当者」との考え方、見方があった。かつ、後者が前者に勝るという様な空気が社会の一部にはあった。が、しかし、団藤は、どちらも人格に対し公平に見られる経験をした。

時を経て、ふたたび夏。

アルバイトに出かけるある日の朝、アルバイト先の大手ゼネコンの制服の作業着のまま電車に乗った若い社員の方が、団藤の利用する駅から同席となった。話し掛けてみると、同じ現場の職務の異なる人員の現場監督をなさっているとのことであった。団藤の現場監督の方も、同期で仲が良い同僚とのこと。

さらに、驚くことがあった。それは、その監督は父母がクリスチャンである関係から、現在、〝深谷のみこころ教会〟にて牧師の助手をしながら布教に努めているとのことであった。そして、毎週日曜日の午前中は必ず教会にいるから、機会をみて訪れてみたらどうですか？と誘われたのであった。

アルバイトの暑い夏も終わり、秋となった。学業に集中していた団藤であったが、ふと誘われた〝教会〟に今度の日曜日に出かけてみようと考えた。予め教えて頂いた電話宛に連絡し、場所を確認した。

日曜日の朝、団藤は信者の方が集まられる九時少し前までに着くように家を出た。教会は、プロテスタントであるが故に、十字架のみ設けられた、質素な建物であった。ちょうどこれから日曜日の定例の〝ミサ〟が始まるところであった。

団藤は案内され、長机に腰掛けた。机の上には黒表紙の〝日本福音連盟〟発行の『讃美歌集』（聖歌）が置かれていた。

初めての団藤に気を遣ってのことか、わりとポピュラーな「讃美歌三一二番　いつくしみふかき」を牧師が弾かれるオルガンの伴奏により全員で合唱した。この讃美歌は、団藤の好きな曲であったため、しっかりと歌うことができた。

この讃美歌で始まったミサに続いて、何人かの信者による〝罪の告白〟が行われた。信仰していない団藤には、何故そのようなことまで〝罪〟として〝告白〟せねばならぬのか、判らなかった。理解できない、遠い不思議な世界であると感じた。正直なところ、違和感を感じ自分とは無縁なことと思えた。

但し、団藤にとって二つだけ、心が奪われた点があった。

その一つは、何人かの信者から知らされたことだが、〝ここに居ない人〟のために、その人の〝幸せを願って〟或いは〝病の回復を願って〟心より祈っていることであった。そのことは、祈られている側に立ってみれば心強く、何にも増して有難いことである。

感心した。と共に、その様に他人のことに、他人の悩んでいることに対して、（兄弟でも親戚でもない人に）寄り添って祈ることの〝源〟は何なのだ？　と考えた。団藤にとって、このことは初めての経験であった。

もう一つは、〝讃美歌〟であった。特に、久々に聞き自らも歌った「三一二番　いつくしみふかき」であった。小学生の頃（その頃はまだ火災のために残った離れ一室に全員が暮らしていた）、叔父が勤めに出かける毎朝、ラジオを時計代わりに聞いていた番組に、〝日本キリスト教団〟の放送があり、その始まりに必ず流れていた讃美歌が、この「いつくしみふかき」であった。団藤には、無意識に、この曲が身体に染みついていた。何十年振りかにこの曲を聞き、自らも合唱したことは、感動であった。

そのようなことに思いが捉われている間に、時間は経ち、牧師、「柳田美津子」先生による説教となった。毎週テーマがあり、そのテーマに沿った内容を示唆する聖書の中の「福音書」の一篇を読み、内容を判り易く訓示するものである。

讃美歌を合唱している頃から、前列から順に、帽子が裏にされて回ってきた。この日の参加者の「献金」をその帽子に入れるのである。各々の事情により金額はいくらでも良いのである。

団藤のところにきた帽子の中を見ると札は数枚程で、他は硬貨がほとんどであった。この「献金」だけで運営されているのであろうと知った団藤は、アルバイトで稼いでいることもあり、千円札一枚を帽子に入れて次へ回した。

団藤は教会に対して何らかの魅力を見つけたわけではなかった。しかし、どういうわけか、頭の片隅に一つの捨て去り難い「問題」として残っていたものがある。

このことには、団藤の人生において、「解決策」は見つからないが、永い間、「問題」として常々「意識」されることとなった。

その時に頂いた聖書は、読んでも判らなかった。余程物好きな人で根気強くなければ、ただ聖書を最初から読んでもすぐに飽きてしまうであろうと思った。いずれにしても、教会に対しての団藤は、あまり真面目でない生徒であった。

時々教会に顔を出し、半年程経った。その間、犬養道子著『旧約聖書物語』『新約聖書物語』（新潮社）を読み、その判り易い文章に感動した。更に他に様々な書を読み漁ったが、その中で青野太潮著『どう読むか、聖書』（朝日選書）が印象深かった。

しかし、それ程の苦労をしていない団藤には、〝キリスト・救い主〟の扉は閉ざされたままであった。従って、教会においては異端児で、無神論を説き、逆に大学においては、仲間との論議には、「それでも『創造主の存在』は否定できない」と主張した。すなわち、その「存在」に対しては「積極的背定」はできないまでも、「消極的背定」は否めないとする立場であった。その辺が、団藤の経験上、精一杯の主張であった。

しかし、その後、団藤の頭の中、いや〝心の中〟を〝一つの言葉〟が何十年もの間、支配することとなった。

それは、若い、二十代初めの頃の団藤に対する、「柳田美津子牧師」の言葉であった。

「団藤さん。とはいっても、私の知る人で何十年もの間、迷い、なお問い続け、六十歳を過ぎてから洗礼を受け、今では熱心な信者となり布教を続けられている方もいるのよ」

そして「団藤さん！　あなたは自分の力で自分独りの力で生きているのではないですよ！〝生かされている〟のですよ」と付け加えられた。

そしてこの後、宗教の論議を始めたこと、さらに、刑法のいくつかの項目について論議した同窓の仲間達の思い出も記しておかねばならない。それは、団藤のその後の生き方、人格形成に少なからず影響を及ぼし、今でも〝友〟と呼び合える仲間であるからだ。

慶應義塾大学キャンパスにて

刑法の木村亀二東北大学名誉教授の記念講演が終了し、第四校舎より大勢の法学部の学生が出て来た。〝法学研究会〟が主催し、教授が快く引き受けて下さり実現したものであった。

講演が行われた校舎について、まずその位置を記す。

東横線日吉駅より改札を出ると、正面は全て大学構内である。真東正面、遠景に見えるのが「日吉記念館」である。そこに向かって左右二列ずつ計四列の銀杏並木が三〇〇メートル程続き、その先に大きな広場を擁した記念館がある。従って、改札を出て、県道を渡り、そこから五〇〇メートル程歩くことになる。

銀杏並木の中央は車が走れる幅となっているが、まず通行していない。この辺りから、キャンパス全体を鳥瞰していくこととしよう。

キャンパス中央を東西に貫く、記念館まで真直ぐ伸びる銀杏並木の向かって右側は、正式競技が可能な陸上競技場（トラック）。周囲は木々で覆われ、森を形成している。競技場は低地に設計されていて、従って周囲の法面《のりめん》は芝生の観客席となっている。

その奥は、慶應義塾高校である。競技場の反対側、すなわち記念館に向かって左側は大学校舎群が並んでいる。その校舎群の中程の一つに第四校舎がある。

記念館の手前左側に藤山記念日吉図書館があり、その図書館と校舎群の中間程に食堂がある。

キャンパスは、概略そのような配置である。校舎群の外れの一角に、木立で囲まれた、学生達の語らいの場所がある。小高い丘の上のキャンパスだけに、風通しの良い場所である。ベンチがいくつか設けられている、木陰の憩の場である。

先に、そのベンチに岩井君が腰掛けていた。今泉君、髙橋君、北村君、夏目君、平野君、団藤と、仲間が集まってきた。タバコを吸う者も何人かいた。木々の間からもれる初夏の陽光が眩しく、しかし爽やかであった。

口火を切ったのは、夏目君であった。

「ねえ〜〜、ねえ〜〜」

彼の語り始めの問いかけは、この口癖で始まる。わりと背が高く、左手に『六法全書ポケット判』と重い法律書が何冊か入った横長の布製のバッグをヒジを曲げて持ち、右手でタバコを持ったスタイルが彼である。

「木村亀二教授の『目的的行為論』を、どう考える?」

と、大それた命題を直球で質問してきた。

この木陰のベンチでの語らいも良いものである。授業より或る意味、真剣である。

「今泉、お前は、どう考える?」

質問は突然、今泉君に向けられた。

「行為は、『故意行為』と『過失行為』とに分けて考えられるが、目的的行為論は『過失行為』を含まない。と考えるのが妥当かな?……と思うよ」と今泉君は答えた。

するとしばらく考えていた平野守生君が「今泉、それは少し違う所があるよ!」と、彼の考え方を説明した。

「『故意行為』は、勿論、目的を達成しようとする、結果を実現するための意識の下の行為、すなわち目的的動作が行為される。従って、当然、目的的行為となる。

しかし、一方『過失行為』も、構成要件的には〝重要な要素ではない結果〟を予見した目的的行為を原因とするが、結果的に、構成要件的に重要な結果を惹起してしまう。この点において故意行為とは構造を異にするが、『目的的行為』たる点においては『故意行為』に著しく異なる点はなく、『目的』的行為としては同様であると考えるのが妥当ではないか」

と展開された。彼の出身地である福島弁の訛が少しあるが、それも一つの迫力となり、彼の論理はいつも説得力があった。

彼は、遊んでいる様に見えるし、「ガリ勉型」ではとうていあり得ないが、読書量とその内容の把握、理解力はすごかった。

我々は、一般的に書物を読む際は、重要な箇所は赤鉛筆等で傍線引きする。しかし、彼はそれを否定する。なまじ傍線引きすることに因り、他の関連を見失なうことが多く、そのこと自体の論理よりも、それが導き出された過程こそ重要であり、その過程を押えることに因り、次の論理への発展（展開）がある……と平野君から指摘されたことがある。

従って彼の読破した書物は、ほとんど傍線引きはしていない。赤線など一切ない。団藤は、「すごいやつだ！」と思うと同時に彼を尊敬していた。

すると、夏目君から、

「団藤！　お前は、どう考える？」と、こちらに質問が向けられた。

考えてみれば、この木陰のベンチは、授業、講義などよりも、自らの意見をキチッと論理的に発言せねばならず、高度な討論の場となっていた。そのため、仲間は授業以上に、この場の討論のための予習として、結構な専門書を読破し、自分の論理として組み立てておかねばならなかった。

団藤は、この質問をほんの少しずらした角度から捉え、次の様に発言を試みた。

「構成要件を満たす行為について、目的的行為論は、明確な判断基準を示したものとして評価される。すなわち、それまでは、不用意な行為については、それが無意識に現実化された行為として一義的に捉えられていたが、この明確な理論に因って、意識或いは意識裏にある目的に因る行為については、それが、故意、過失を問わず、構成要件的に重要な要件として捉えることとなる。

従って無能力者（法律的に責任能力を問えない者の意）というカテゴリーに一括して区別されている行為についても、その個別、具体的な行為において、目的が具体的に意識され、構成要件的に重要でない結果について少しでも予見が可能な能力を持つ者については、その行為が結果的に構成要件的に重要な結果を因果的に惹起した場合は、通常、犯罪の構成要件を満たさないと一括して判断されがちな無能力者についても、個別、具体的には、構成要件を満たすことも考えられるという判断基準をもたらしてくれる理論であると考える」

皆、仲間は真剣であった。議論の内容からして、真剣にならざるを得なかった。

岩井君は、部活「ワグネル・ソサィエティー」の練習が昼休みもあるとのことで、席を外した。同部は、あの有名な「ダーク・ダックス」を生んだ合唱団である。今泉、高橋の両君も席を外した。残るは、夏目、平野、北村、団藤の四名となった。

時計を見ると、十二時を少し過ぎていた。「二幸《にこう》」か「グリーンハウス」で昼食にしようとのことで、結局、グリーンハウスに向かった。「二幸」は天丼等、揚げ物専門で、グリーンハウスはメニューが多彩であった。学生は「カレーライス」が定番であった。

初夏にさしかかった、一年で一番清々《すがすが》しい良い季節である。校内の桜も花は散り、青葉が木陰を作っていた。欅の若葉も繁り、日吉キャンパスは緑の森となっていた。都会の喧騒から離れ、居心地が良かった。

それらの環境が、そうさせたのかもしれなかった。誰ともなく、四人は四人共にカレーライスを注文した。そして打ち合わせた様にスプーンを乗せ、プラスチック製のお盆を持ち、いそいそと足早に、例の緑の若芽が出始めた銀杏並木メイン通りを横切り、「競技場」に向かって歩んだ。競技場は地平より下に位置し、それを見下ろす位置のいわゆる観客席は一部を除き〝芝生〟であり、後方に木陰の林を控えていた。

それらの木陰の下に四人は各々陣取った。グラウンドでは数人がサッカーの練習をしているのが見える。

皆、カレーを食べ出した。団藤も食べようとしてスプーンを持った瞬間……〝スーッ〟と桜の木から糸を引いて、立派な大きさの「毛虫」がカレーの皿の中に、それもカレーそのもの中に落ちて来た。

もがいている桜の木の〝毛虫〟は独特の色をしている。気持ちのいいものでは決してあり得ない。

「わあ〜〜！」と大声をあげたのは、団藤本人ばかりではなかった。毛虫は、大きかった。大人の人指し指程であった。毛虫は大きかったが、カレーの中でもがいていたものの動けなくなっていた。

団藤は、瞬間を捉え、草むらの大きそうな葉っぱを右手で千切《ちぎ》り、毛虫をカレーごと、葉っぱで大づかみに取り、外に捨てることに成功した。

仲間は、その手慣れた素早さにびっくり。団藤は、勿論、田舎育ちであり、毛虫は無論好きではないが、それほど嫌いでもなかった。そのことが幸いした。

何もなかったように食べ始めた。誰かが、「毛虫も、こそばゆくて、なかなか旨いんじゃないか？　それに栄養もあるんじゃないか？」などと冗談を言った。

食べながら、北村淑雄君が、刑法に関して問題提起した。それは難題であり、刑法の範疇を超え、或いは人間そのものの課題であるといえるものである。

「先ほどの『目的的行為論』は、その論理に付き議論が展開されるのは、重要なことではある。

しかし、それは、『罪』或いは『刑罰』の対象となる『行為』についての問いかけである。更に、一歩離れて、それでは『罪』とは何ぞや？　それに対応して『罰・刑罰』とはどの様な理論に基づいて成り立ち得るのか？　俺は、明確な答えを持っていない。『法的立場での論理』もさることながら、生まれながらにしての『原罪』を説くキリスト教の認識、或いは『罰すること』の正統性、また、刑罰の内容として『目には目を、歯には歯を』は何を意味し、何を基に出てきた論理であるのか？　……等を体系的に論理的に把握したいのだけれど、非常に困難を感じているんだ」

北村君は付け加えた。

「そのことは、更に宗教の問題とも抵触してくる。従って、『神は、存在するのか？』或いは、『創造主は、存在するのか？』、仮に存在するとすれば、『その意図するところは何ぞや？』『何のために生きているのか？』或いは『何に因って生かされているのか？』……」

北村淑雄君は、ここまで一気に難問を提起して言葉を止めた。

彼もまた、真面目な育ち方をしてきた。早稲田高校から慶應義塾大学を選んだ、骨のある、信念を貫き曲げない人間である。髪は長く、様態は哲学的である。遠い未来を見つめ、目標を大きく遠くに置く求道の人である。

ただ、〝馬〟というよりも競馬が好きなのが難点であるが、そこが彼の憎めないところである。

夏目俊通君は、最近失恋して……というのも、ともかく女性が似合わない男である。いつものスタイル、すなわち左手に薄茶色の厚い法律書が五、六冊は入ろうと思われる横長の布製バッグをヒジで重そうに抱え、右手は、ほとんど常にタバコを持っているスタイルである。そのため、右手の指先は、少し茶色に変色している。

失恋により、これが一層定着し、〝様《さま》〟になってきた。

難しい論理を読破し、けっこう簡単に説明する能力は抜群である。その様な彼の姿からは、とても「女性」の話など異質に感じるわけであるが、「失恋」したのであった。

ことの詳細は、団藤は、ほとんど当事者の傍に同席していたので充分承知してはいるのだが、簡単に述べれば以下である。

大学一年生のクリスマスの夜、我々仲間は横浜駅のある場所で待ち合わせた。ところが、最終的に集まったのは、夏目君と団藤の二人きりとなってしまった。

二人で、喫茶店にて淋しく話をしていた近くの席に、同様に二人連れの女性達が居合わせた。このチャンスを生かさない手はない。そう考え、二人のうち、くじ引きに負けた方が声を掛けることにした。そうして、一緒の席で会話をすることができた。その場は適当に歓談し、女性たちとはそのまま別れた。その後、夏目君は学習院短大の女性と、団藤は立教大の女性と各々付き合い始めた。

ところが、住所・電話番号等、互いに交わさずに別れたことを先輩から〝そんな失策はあるのか？〟と指摘された夏目君が団藤に相談してきた。それもそうだ。二人は奮起して、当日の話の内容からヒントを得て行動を開始した。

立教大学の女性は、水上スキー部で紅一点との話をしていた。このたった一つの情報を頼りに、夏目君と団藤は、立教大学を訪ねた。

大学校舎を抜け、グラウンド隣接の各部室が並ぶ建物に二人は着いた。中に、「水上スキー部」の小さな木札の看板が掛けてある部室があった。部屋の戸は半開きになっていた。開放的である。覗いてみると、中に一人の部員がいた。我々は、挨拶し名を名のり、〝名簿〟を見せて欲しい旨伝えると、机の上の乱雑に置かれた書類立ての中から、快く名簿ファイルを手渡してくれた。

……紅一点とのことで、すぐ確認できた。名前・住所・電話番号を確認、記録した。

今では、この様な手法は法的に許されないが、当時は学生同士であることもあり可能であった。

その様な積極的行動を経て、団藤の方は数回のデートをしたが、結局は終了となった。しかし、夏目君は学習院短大の女性に夢中になっていた。勉学に集中してきた彼にとって、初めての恋心であったのであろう。結構頻繁に会っていた様子であった。彼の普段見せない表情からも察しがついた。だが、その表情も次第に曇ってきた。

ついに、付き合い始めて三ヵ月程で〝失恋〟となったのだ。

失恋したのがすぐ判ったのは、いつも法律或いは哲学の理論が持ち前で、更に、部活も〝法学研究会〟に属していた彼が、ある日を境に、突然、〝格調高い言語による「詩」〟を創り、前述のスタイルで我々の前に現れ、憶することなく、その「詩」を声高らかに披露するのであった。我々は、〝何かあったな！〟と感じ取ったのであった。

真に、青年が恋をし（島崎藤村『初恋』の「まだあげ初めし前髪の林檎のもとに見えしとき……」を彷彿させる）、そこから突き飛ばされ、沈み、その心をぶつける手段として〝詩〟を創り癒しを求める様なものである。

但し、彼のその反動は、〝格調高く〟失恋を土台として、更に〝高み〟の階段を上る意思を感じたのは、団藤だけではなかった。

我々仲間は、彼をして、尊敬の念も若干込め〝哲学詩人〟と名付けることに成功した。何故なら、彼もまた、〝そう呼ばれること〟に誇りを持ち、失恋の結果にも少し安堵できたからであった。

その「哲学詩人」は、北村淑雄君が提起した「命題」に対して口を開いた。

「提起された問題は、言葉に出す、或いは出さないは別としても、青年期に一度はぶつかる難問である。いわば、青春の通らねばならぬ関門である。人によりて、その問題の捉え方の大小、浅深はあるのだが」

と、自らの経験も添えて言葉に味が増した。

「そして、それらの問題には、一つの解答のみが存在するのではない。人、各々に各々のニュアンスの異なる解答もある。

中には、一生を賭けても見い出せない人もいる。いや、そういう人がほとんどである。寧《むし》ろ、解答を得ることなど問題ではない。解答は見い出せずとも、『それを追い、求め続ける過程こそ、その継続性こそ』が最も重要なのである。

そして、その捉え方、或いは、それを捉えんが為の方法のとり方、模索しつつの苦しみ方、力の入れ方、或いは反対に無視する方法……等に因りて『人となり』、すなわち人格が形成されるといっても過言ではない。

真に、辿りつくことのできない深遠の淵にある。

但し、試みる手段は、いくつも用意されていると考える方が良い。その手段は、言葉、すなわち詩であったり、芸術、すなわち絵画、音楽であったりする。

登山にたとえれば、登山口は一つではない、いくつも用意されているのである。苦しみ、踠《もが》き続けている者の前には、自ずと、先方から〝登山口〟は与えられ、導かれるものである」

……と、夏目君の話は、ここでひと呼吸置いた。

この辺までの話の内容は、仲間の皆も納得するものであった。

「要するに、こういうことだ」

先程、北村淑雄君の提起した問題は、人生にとっての命題である。と同時に、刑法における底流としての根本命題でもある。故に、その命題を〝おおきなくくり〟としてまとめてみよう、と夏目君は言った。
一　罪とは何ぞや？　そしてそれに対する罰とは？（刑法論の底を流れる考え方として）。

関連：「罪を憎んで、人を憎まず」とは何ぞや？
罪は、或いは、その行為は、その行為者に起因する目的を持っての行動。であればこそ、「目的的行為論」をもってしては、〝この言葉〟は矛盾を来すことにならないか？

二　刑法上のとは別に一般的に「罪」のヒント、手掛かりとして「原罪」とは何ぞや（但し、〝罪刑法定主義〟があるが、そこから離れての考え方として）？
関連：キリストの説く「原罪」とは？　親鸞の説く「悪人正機説」とは？

三　生きるということ

以上、大命題三点を明確にして、今後、各自持ち帰り議論を深めようと考える。

だが、今の命題の最後の件は、あまりにも漠然としている。従って、いくつかの先人の考え方を紹介しておこうと考える。

A　実存は本質に先立つ。人間の本性は存在しない。その本性を考える神が存在しないからである。――ジャン＝ポール・サルトルこの立場は、或る意味、人間は自ら「生きるところのものになる。或いは、生きようとするところのものになる」ということになると考える。

B 「サウル・サウル、なぜ、わたしを迫害するのか」（ダマスコの回心＝パウロ）ルカによる「使徒言行録」より。

この宗教の立場によれば、人間は『原罪』を負うて、創造主により『生かされている』のである。

C 『止揚《しよう》』＝『アウフヘーベン』

〝このこと〟を生きる中心、背骨として捉えていく生き方である。……私見である。

一例を示すと、人間、母親の胎内からこの世に生を得た瞬間、『へその緒』で母と結ばれていた胎児は切り離される。すなわち、その瞬間から「生きる」という生命欲の点において、〝条件が対立〟を来した場合、「母親と乳飲み児」は利害関係が『対立』する。この様な矛盾する葛藤の中に身を置いて、自らを高めていくことが、すなわち『止揚』ということなのである。しかし、ここにおいてなお「母親が、我が児《こ》のために命を投げ捨て、我が児を救う」という場面も生まれてくる。

この対立する利害、生きるという、いや一方のみしか生きられぬという条件の下に、自らの命を投げ出し、我が児《こ》を救うという決断。この〝命を乗り越える母の力〟〝母の愛〟は一体、どこから生まれてくるのであろうか？

と、この大命題を考える上での考え方の材料としてもらえば如何かな、と考え述べさせて頂いた。

そう夏目君は、話を結んだ。仲間は皆、夏目君の論理は明快で、さすがに素晴らしいと評価した。

誰かが言った。

「〝失恋〟により、一層、内容に重みを感じる論点となったなあ〜〜。素晴らしい。俺も失恋しようかなあ〜〜」

すると、

「『恋愛』もできないやつが『失恋』することなど不可能だよ！」と声が掛かった。

もっとも、夏目君はその後、集中して勉学に励み、卒業後一年にて司法試験に合格し、法曹の道に入った。当時は、年間合格者は五百人程で、合格率約三％の最難関の試験であった。

昼食中であり、競技場を見下ろす木立の下に陣取っていたことさえ忘れていた。それ程真剣な議論であった。もう間もなく、午後の講義となる時間であった。

この「三点」の課題は、当然すぐに意見を述べ合う程ではなく、後々の宿題とした。そして、この場は一端区切りを付け、午後の教室に向かった。

四月、入学。今は、五月末、初夏。

広い森を成すキャンパスの木立は、緑である。駅から記念館に続く銀杏並木は、その緑の葉を花の蕾が開き始めんとするが如く、広げ始めている。

日吉キャンパスは、駅から少しゆるやかな登り坂となっている丘に位置し、広大な森とでも表現できる程である。広いキャンパスの一角では、五~六月初旬の六大学野球の最終戦を飾る慶早戦を控え、応援団主導による応援練習が行われている。毎日、百~二百名程が練習に参加している。

我々の仲間も時々参加している。声を張り上げ腹から声を出すことは、とても晴れ晴れとして気持ち良い。応援練習で大声を出し、時に仲間との議論、この切り替えは心地好く感じられた。

この様な議論を交わし、そのために読破しようとする書は、この時期にのみ与えられるものである。青春の血気盛んなこの時にこそ「立ち止まり、考えるべき重要な論点につき」必要な書であり、かつ、その後の人生を左右するものとなるであろう。

団藤は、この時期に、「サルトル全集」を購入した。著者の主題は、簡単に述べれば以下といえる。


人間は、まず先に実存し、世界内で出会い、世界内に不意に姿を現し、そのあとで「定義」されるものだ。……ということを意味するのである。

〝実存主義〟の考える人間が、定義不可能であるのは、〝人間は、最初は何ものでもない〟からである。

人間は、あとになって初めて人間になるのであり、人間は、〝みずからつくったところのもの〟になるのである。

このように、人間の本性は存在しない。その本性を考える神が存在しないからである。

――人間は、みずからつくるところのもの以外の何ものでもない。

以上、サルトル全集「実存主義とは何か」の抜粋による。


団藤は、学生時代の友との語らい、或いは議論が、教授による講義よりも深掘りし、自らの考え方を創造していく上で役立っていることに、今更ながら気が付いた。

良い友に恵まれたと思う。いや、それだけではなく、優秀な友であった。互いに「課題」を出し合い、そのための書を求め、読破し、要点を把握し、自分の考えをまとめ上げ、その上で仲間の議論に参画、対応せねばならない。故に、普段から〝予習〟していないと講義より厳しく、仲間から外される恐れがあった。

夏目君は、この論議の中心的役割を果たしてきた。これに対し、平野守生君は、正に〝論客〟であった。

「みんな、少し期間を置いて各自勉強する時間としよう。その後に議論しよう」

と、夏目君が提案した。現状の知識のままでは、議論の発表はあまり期待できない。それなりの書を一冊ほどは読破すること、それに因り少しは議論が深まり、発展するであろう……との期待であった。

「春の六大学野球、慶早戦」が終わってからにしよう。慶大生としては、まず「慶早戦」を応援せねばならぬ！　みんなで「神宮球場」へ行こう！　とのことであった。

この年は、六月一日（土）、二日（日）が慶早戦の予定であった。結果、引き分け再試合で三日（月）に二勝一敗にて我が慶應義塾が優勝した。

団藤は、五月半ば頃から「命題」が頭から離れなかった。野球は嫌いではないので、今回の慶早戦は、三日間全て全力で応援に行ったつもりが、「命題」の宿題が頭を過《よぎ》り、応援に集中できぬ自分を感じた。しかし、〝優勝〟は、仲間と共に精一杯喜んだ。

それから、数日が経った。団藤は、「罪と罰」について考えてみようと思った。「人間」について、客観的に、その「位相」について捉える次元から離れ、「法」すなわち「刑法」としての「犯罪」と「刑罰」について理解するために、これらに関するいくつかの書を読み始めた。難解な書であった。

そうこうしている間に、六月も半ばになり、この〝宿題〟に関して夏目俊通君より集合がかかった。

集合場所は、木立の下のベンチではなかった。日吉記念館に向かって左隅に位置し、裏手が森に囲まれた「藤山記念日吉図書館」。地下を備えた二階建てである。

一般に、図書室において論議は他の学生の自習の迷惑となる故、禁止である。が、時間帯と場所を選べば可能であることを夏目君は知っていた。場所は、地下の「雑誌コーナー」である。学生は、ほとんど使わない。

集まったのは、「夏目」「平野」「北村」そして「団藤」の四人であった。その場所は、十数名程が掛けられる様に机と椅子が適当に置かれていた。地下ではあるが、丘の法面をうまく利用し、陽光が窓から差し込む設計となっていて明るかった。

平野守生君から、まず発言があった。

三つの命題のうち、「罪と罰」について「俺は、思うに、この問題を〝上位の概念〟の問題から始めると、論議の〝生産性〟〝発展性〟は期待できない。従って、まず講義を受けている『刑法』における『罪と罰』について議論を進めたい、と考えるのだが……」

続けて即、北村淑雄君が以下の発言をした。

「それじゃあ、刑法でいう、または定義する『罪』とは何だ、ということになるなあ〜〜」

「法律なければ刑罰なし。法律なければ犯罪なし。すなわち『罪刑法定主義』だよな！　フォイエルバッハによるんだ。従って、『事後法』は禁止される筈である」

「すなわち、刑法上の意味での犯罪とは、『構成要件』を充足する違法・有責の行為である。そういうことになるんだ」

ここでいう「構成要件」とは、犯罪の要件、簡単にいえば刑法の条文のことである。

「しかし、この法律上の〝罪〟とは、どの様な考え方の下に、或いは、この底に流れている概念は何なのかねえ〜〜」と、団藤は言った。

平野守生君が、すぐ反応した。

「そもそも、〝罪〟とは何ぞや？」

「やはり、法律上の罪を論ずるに、もう少し広い、上位の位相の概念といって良いかは別として も、罪全体の概念を、ここで一応の理解をしておかねばならないと考える」

団藤がそのように返すと、

「従って、先程の私の発言は取り消すこととする。すなわち、もう一度、考える方法を組み立て直し、広い概念、大きな捉え方の概念での詰めが、やはり必要となるんだなあ〜〜」

と、平野君は答え、そして再び続けた。

「まず、人間とは何ぞや？……である。こと『罪』についての切り口で分析する必要がある。それについては『性善説』と『性悪説』とがある。かつ、その内容認識の考え方の材料として、簡単にいえば、ヒントとして、『キリストの説く原罪』がある。いや、キリスト来臨以前の旧約聖書に因るが。

すなわち、人間は、生まれながらにして、過去の過ち、すなわち、アダムとイブの犯した罪から逃れることはできない……という宿命である。……ま、この辺を出発点として議論することが可能と考えるんだが、どうかねえ？」

……少しの時が経った。団藤が発言した。

「犬養道子」氏の『旧約聖書物語』を読んだ。それに因れば、エデンの園にある〝生命の木〟と〝善悪の知識の木〟の実を食すなと主なる神は人に命じた、とある。すなわち、神は、園の全ての果実を取って食すが良い。ただ、〝生命の木〟と〝善悪の知識の木〟のみ食すな、と命じたのであった。

このわずかな木だけが禁じられた、その神の選定を「善」として受け入れるか、「悪」として斥《しりぞ》けるかの人間内面の自由選択の問題なのであった。神の業、すべての創造力、生命力、理性もて思い起こし、知性もて考察すれば、自由選択は自ずと、〝神の言葉を「守る」〟方に傾く筈であった。

犬養道子氏は、更に続ける。聖書のこの箇所の筆者は、並々ならぬ洞察力と人間内面を知り尽くす稀有の理解力を以て自由選択と呼ばれるものの〝秘義＝ミステール〟を書き尽くす。「園に蛇の形を取って悪の力が入っていた」と書く。

そして、犬養道子氏は、この事件の結末を次の様に、我々に明確に示すのだ。

〝生命の木〟の果実そのものが原罪に人を導く毒を持っていたのではない。その様な「木」があったか否かさえ問題ではない。思いと行動の選択の対象として置かれたもの——ここでは「木」——に対する女の取った態度そのものが、またその態度を受け入れた男の態度そのものが、「原罪」を生んだのである。

神の言葉、園のすべての果実を取って食すが良い。ただひとつ〝生命の木〟の果実は食すな！　とわずか一本の木のみが禁じられた。食べ終えた時、「善と悪」を知った。（人間の）『神の善に対する疑い』こそ「悪」であったのである。

……というのが「犬養道子」氏の『旧約聖書物語』の抜粋である。

考えるに、蛇の「そそのかし」は、人間の「脇の甘さ」を捉えて、しのび込んだのである。生きる者の神による生への招きをも、（人間が）審判したゆえに、〝生命の木〟は女から離れていった。

すなわち、楽園の女――〝人〟――は、「善」と「生」という実体、実存を断り、「虚像」と「偽」と「生の欠如」を選んだのである。「死」と呼ばれる「生の欠如」と「実存の拒否」が人間の中に入ったのは当然であった……。

団藤は、既に読んでいた「犬養道子」氏の書の中の「罪＝原罪」に関する箇所を再度読み直しておいたのであった。

団藤は、傾倒していた「犬養道子」氏の書の抜粋を自分の意見として言い終えた。

間髪を入れず、北村淑雄君が『原罪』について次の様に述べた。

「それじゃあ、我々人間は生まれながらにして『罪＝原罪』を負っているのかねえ〜〜。その重荷を背負って生きて行かねばならないのじゃあ耐えきれないねえ～～。

生きる方法は、クリスチャンとなって洗礼を受け、罪を悔い改める以外にないのかねえ～～。

我々凡人は、クリスチャンにもなれないし、罪も負いたくない。……ぜいたくな話だが。それが大半の人であり、一般的な考え方ではないのかねえ～～。

欲望は勿論、限りない。生命欲――死にたくない。物欲――金は欲しい。性欲――きれいな人は当然、好きになる。これでは、いけないのかねえ～～」

我々凡人の納得できる本音の発言を、北村君は代弁してくれた。

しかし……団藤は、だから単純に「迷うのは当たり前である」とする自分の情ない脆弱な心を責めた。

が、改めて「犬養道子」氏の説かれる判り易い書も深く感動するところでもあった。

……しばらく硬直したような沈黙が続いた。

平野守生君の提案で、「こんな図書館の地下室で論議するから、先が見通せないんだ。新緑の外に出よう！」に皆賛成し、外に出た。いつものベンチに向かった。

心地好い、やわらかな風が欅や銀杏の新緑の葉を揺らせながら吹いていた。六月初め、丘の上であり、風の通り道であった。

ベンチの背の方向は、丘の先の遠景の町並みであり、座ると校舎の方を向くようになっていた。

談話室ではないので、ベンチは一方向きで、三人掛けであった。学生が各教室の玄関の階段を行き来しているのが、それとなく、一つの風景として、記憶に留めることなく見える。

夏目君は、いつものスタイルでタバコを吸っていた。平野、北村、団藤はタバコを吸わなかった。

平野守生君が話し始めた。

「さっきの議論の続きだけど……」

平野君の長い髪が顔にかかり、それを頭を振って後ろにやりながら、

「整理してみると、『性善説・性悪説』の議題から、団藤君が犬養道子氏の書を引用し『原罪』について語ってくれた。

そして、北村君の言う通り、我々凡人は『欲望の固《かたま》りであり』かつ『死から免れない』。このことは、我々一般人の一致するところであると考える」

その発言のあと、平野君は、しばらくベンチに腰掛けたままの姿勢で、両ヒザの上に両ヒジを置き、下を向いたまま考えていた。

理論派の平野君が、この後、どの様に、この壮大な問いに対し、まとめていくのか、新し

い理論を出してくるのか、他の三人は注目していた。

彼は、福島の田舎育ちであり、彼の卒業した小学校は既に廃校になっているそうである。

幼き頃、自然の中で、自由奔放に育ち、高校入学と同時に都会に出て下宿していた。彼の育った環境は彼の考え方の土台をしっかり支える。地に足が着いたものを身に付けるに大いに役立ったのだろう。従って、彼の話、すなわち理論は、常に仲間を感心させていた。

平野君は、ゆっくり話し始めた。


仮定として、人間が生まれながらにして一〇〇パーセント「善」を行う「神」の如く完成した人格であったならば、どうであろう？　人々は、互いに他を思いやり、自らの欲望よりも自分を取り巻く他人の利益を優先する。或いは、我が児を思う心と同様に、いやそれ以上に他人の児をも愛する。かつ、その如き行動をとる。

更に、国家と国家も、領土争いをするどころか、譲り合う。隣人同士もそうである。

……この様な人間社会であったならば、どうであろうか？　人々は、生まれながらにして「善」を備えている。「善」のみを心に持ち行動する。

……どうであろうか？　牧師や高僧も人々に「道」「善」を説く必要はなく、いやそれどころか、一般の人々全員が牧師や高僧の如き人間となっている世界……。

　と、平野君はいったん話を止めた。

　北村君が、

「仮に、その様な完璧な人格が揃った人間社会に、我々が生まれて来たならば、却って〝つまらない〟のではないだろうか？」

　と考えを述べた。

　それを受けて、少しの間考えて夏目俊通君が発言した。

「今の、平野守生君の発言を聞いて考えたんだが、その様な『完璧である人間社会』に我々が生まれたと仮定しよう。そうすると、大きな問題、絶対的な宿命ともいうべき問題が提起される。

　すなわち『我々は、向上心、努力等が必要なく、いやそれ以上に、生きる意味・目的を必要としないことになる』。何故ならば、全員、全世界が一〇〇パーセント完璧な人格の人間で構成されているからである」

　……彼は続けた。

「このことこそ、〝その対岸にある重要な命題〟が惹起されることとなる原因（基《もと》）であるといえる」

仮に、既存の宗教を信ずることができなくとも、〝創造主〟については信じたい。いや信じざるを得ない。

↓

創造主は、〝不完全な人格〟を以て、人間を創った。すなわち、この世に送り出した。

↓

従って、不完全なるが故に、「生きる目的」は、キチッとある。

↓

すなわち、「不完全なるが故に」であるからこそ、「完全な人格」を求め、少しでも近づかんとする努力＝〝目的〟が与えられているのである。

↓

キリスト教であれば、『原罪』を背負うた身につき、「三位一体」の考えに因り、「創造主＝神」、人の姿をもってこの世に現われた救い主「キリスト」、そして我々の心に宿る「精霊」に因り、『悔い改める』ことを目的とする。すなわち〝洗礼〟を受けることである。

↓

しかし、〝信ずる者は救われる〟が、一体この〝狭き門〟を見過ごしてしまい、入ることができない人は、どうすれば良いのか？

←

それこそ、『哲学』の分野である。

概念は、『アウフヘーベン＝止揚』ということになる。我々は、或る意味、生まれながらにして、『矛盾』の中に生きる。

←

更にいえば、母親の胎内から生まれ、〝へその緒〟を切られた瞬間から、母と児の「生命体」は別れる、「別」となる。

「生きる」ということが、欲であれば、「生命欲」とでも名付けよう。

そして、仮に医師から「母胎」と「胎児」のいずれか一方の命のみしか救えない状況を告げられたとしたら、どの様な選択をするのであろうか？

母親は、その海より深い愛からして、「胎児」を優先させる場合もあろう。

或いは、「母」を優先する様に願う夫も、いるのかもしれない。

正に、「生命」という一番重い、与えられた課題に対しての『矛盾』に対し、立ち向かわねばならないのである。

この例は、〝究極の課題〟である。しかし、我々、人生に於いては、様々な「矛盾」が突き付けられる。

←

この様な、突き付けられた「矛盾」に対しどの様に対応するのか。

かつ、「その対応した結果に於いて、反省する」。何故ならば、「矛盾」であるからこそ、これで完璧であったとする「結論は、全く、あろう筈がない」からである。

←

再度、「矛盾」の課題に直面した場合、かつて経験した「位相」と異なる〝上位〟の「位相」の〝立ち位置〟に於いて「悩み・考え」、対応を図っていく、その行動に出る。

←

このことこそが、我々の位相を高めていく「アウフヘーベン＝止揚」の概念である。かつ、「我々、特定の宗教を持たぬ者（信ずることができない者）が、生きる道」なのであろう。

団藤を含め、全員が頷いた。

←

「この課題＝すなわち〝矛盾〟を背負わせたからこそ、創造主が、人間を創り、世に現した意味＝〝目的〟がある」そう考えるのだ。………と、夏目俊通君の論理は、説明を終えた。

すると、北村淑雄君が発言した。

「この『論理』を聞いて、或る意味、良く納得した。………すると、サルトルの『無神論』は、否定されるわけである。かつ、その概念とは、真っ向から対立するわけだねえ〜〜」

夏目君は、

「その通りである」

と答えた。

………

少しの時が経った。

指揮官の夏目俊通君が、議題を整理し、元の位置に戻した。

夏目俊通君は、述べた。

以下。

もう一つ整理して置かねばならない基本的問題として、「ヴィクトル・ユーゴーの小説、

『レ・ミゼラブル』」がある。
すなわち、貧困に耐えられず、たった一切れのパンを盗んだ『罪』で牢獄に入れられる。この「罪」に相当する行為、「パンを一切盗んだ行為」を、〃どう捉えるか〃である。

解決手段としての「切り口」として、以下が考えられる。
一、「道徳規範・倫理規範」と「法規範」。
一、「目には目を。歯には歯を」、すなわち応報主義ではあっても、〃罪〃以上の刑罰を与えてはならない、の意。
一、「罪を憎んで、人を憎まず」、これは刑は〃応報〃ではなく〃教育〃である、とする「教育刑主義」である。
一、現行刑法二三五条。
他人の財物を窃取した者は、窃盗の罪とし、十年以下の徴役又は五十万円以下の罰金に処する。

この問題は、以上の切り口に於いて論ぜられれば、一応の論点は尽くされ、方向性も示されるであろうと考える。

そして、以上の点において、これらの論点は、我々の現段階の知識に於いては、尽くされた、と考えて良いのでは？……となった。

しかし、更に、前述の〝切り口〟に於いての判断基準の関連から、それらを現代に投影すれば、「学校に於いての〝いじめ〟の問題」にも、一つの判断材料を与える。

こと「いじめ」に関しては、〝法、すなわち刑法に係わる行為〟というのは、どちらかといえば、少ない。

また、刑法の「傷害罪二〇四条」或いは「殺人罪一九九条」に於いても、証拠となる〝物理的な行為〟或いは〝具体的な因果関係〟が示されねば、「構成要件」を充足するのは難しい。また、未成年者であるが故に、刑は留保される。

ことの次第は、後になって、すなわち被害者が重大な危機に陥ってから、〝事件として明るみに出る〟ことが多い。報道されることによって、初めて、知らされ、周知されるのである。

ケースとして多いのは、数人のグループの加害者が、一人の被害者を〝心理的に追い詰める行為＝いじめ〟である。行為としては、言葉に因るもの、メールに因るもの、無言で仲間外れにするもの等、一つ一つは些細な傷害であっても執拗に何度も繰り返し行われるもの等である。まだ形態としては外にもある。

これらは、現時点では、犯罪としての条文がない。従って犯罪として加害者をして罪を問うものではない。かつ未成年者である場合がほとんどである（※後に「いじめ防止対策推進法」が制定される)。

それでは、これ等の〝いじめ〟の行為は、どう捉えどう対応されなくてはならないのか？
これこそが、倫理規範であり、道徳規範である。
真に〝倫理〟〝道徳〟の教育を〝標榜〟する教育現場に携わる教育者達が、〝見て見ぬ振りをする〟或いは逃げ腰で背を向ける、等では済まされない。済まされる筈がない。

いわば、この〝いじめ〟の問題を正す最後の砦である。すなわち、倫理、道徳を標榜してやまない、かつ〝治外法権的〟学問の府に於いてこそ学ばねばならぬ。それも実践として。
……その指導的立場にある教育現場の先生が逃げ腰であるのは、どういうことか？　或いは、責任転嫁の姿勢が見られるのは情けなく、悲しい。一人でも多く、勇気のある指導者が現われんことを願うばかりである。

いずれにしても、この問題は、答えを求めることに意義を見い出すこと、或いは、議論・会議を開催して、結論を出すことが重要なのではない。

その〝現場〟を見つけたならば、指導者は〝体を張って、勇気を持って、全身全霊で〟分け入り、行動することで、これを示すことで、実践教育するのである。これを、見て見ぬ振りをし逃げてしまっては、生徒に対しても、自らに対しても禍根を残す。

この過程にこそ意義があるものと考える。この教育者は、その全力の姿を、加害者の子供達に見せることに因り、迫力を持って加害者の誤りを気付かせ、かつ改めさせることができるのである。

すなわち、いじめが看過され、エスカレートしていくならば、こと被害を受けている子供達の「生きていく、生きる権利を脅かす命の問題となる」。勇気を持って、その〝現場〟に、〝命懸け〟で指導者の全人格をもって対応し、加害者たる生徒の指導に当たるべきである。

或る意味、そのことは、「卑近」な見方をすれば、担当教諭、校長の地位（であること）を危険に晒すことになるかもしれない。

が、しかし、全人格をもって、幼い被害者の苦しみを解放すべく、命懸けで対応する（すること）。このことに因ってのみ、必ず、その真剣さは、加害者にも被害者にも伝わり、理解され、道は開けるものと確信する（すなわち、被害者の暗闇に落とされた心は解放され、正しいことを信じて生きていくことの一歩を踏み出せ、一方加害者は、深く反省し、悪いことをした事を悔い改める機会を与えられたことになる）。

……と、夏目俊通君は「勇気ある正論」をぶった。皆、その〝弁舌〟に圧倒された。

しばらく……仲間は、不思議と安堵した。考えるに、この〝いじめ〟の問題は、加害者と被害者との関係に於いて、法規範、倫理規範、道徳規範のいずれかをあてはめるかの問題として捉えていたが、その切り口は、論理上の問題である。そして机上の論理として結論を導くのは間違いではない。が、しかし、「被害者」の立場からすれば、〝即、いじめ行為を中止〟して欲しい。人として（子供として）普通に生活する（生きる）権利を守って欲しいわけである。

このことこそが最優先でなくてはならない。執拗ないじめにより被害者は、幼い心を痛めている。深淵に立たされ絶望の中にいる。周りでは、加害者が手を組んでいる（かつて仲間であった者もいる）。その後方に、見て見ぬ振りをしている、指導者（先生方）が腕を組んでいる。

……その様な深淵の暗闇の中に突き落とされ、自ら死を選択してしまった幼い命が絶えない。

この問題に対し、治外法権たる〝学校〟において、それを解決できる〝地位〟（権限を持っている）に在るのは外でもない、〝教師〟だけなのである。

この教師に、〝全身全霊を賭けた勇気ある行動〟、すなわち〝生徒↓加害者に対する真剣勝負〟が必要なのである。この〝真剣〟に対しては、〝加害者〟も〝立ち直る〟ことが期待され、再び誤ちを犯さなくなるであろう。

〝鉄は熱いうちに打て〟である。これこそが、教育の使命である。それこそ、当該子供達の一生の生き方を決めるエポックとなるであろう……。

夏目俊通君の〝発言〟に因り、〝一筋の光明〟が見い出された。

平野君は、両手のヒジを両ヒザの上に乗せアゴを両手で支え、髪を垂らし、俯き加減でいたが、しかし、突然、顔を上げた。

発言が始まり、一点を突いた。

「しかし、よお〜〜。夏目君の発言は、俺も感動した。……その通りである。

〝社会的地位＝であること〟を守らんとして逃げ腰であること。これに対し、立ち上がり、全人格をもって命懸けで、加害者に向かって（それが幼き加害者であっても）教育者として対峙する＝すること。

後者は、まず、「被害者を救い（被害者に手を差し伸べ）」、「加害者を更正により救い」、更に、その大いなる経験により、正に「自らを救う」ことになる。

このことを希求することが、大事なんだなあ〜〜。先生方も、教育実習は、何よりも優先して、〝この実習〟が必要なのかもしれない。

しかし、俺がいわんとすることは、これからである。

すなわち「不作為」ということである。不作為犯とは、「不作為（消極的動作）」によって「構成要件」の内容を実現する犯罪をいう。

刑法上、「不作為」とは、「何もしない」ことではなく「何かをなさないこと」すなわち、「期待された作為をしないこと」である。かつ、「構成要件該当性の問題で、因果関係も、作為犯と区別される必要はない」（新法律学辞典―有斐閣）。

このことを、〝理解・認識〟した上で、この「不作為」を切り口として、再度この〝いじめ〟の問題を捉えてみたい。

〝その現場〟の登場人物として捉えてみると、立場立場の「権利・義務」の関係が見えてきやすい。

すなわち
一、被害者
一、加害者或いは加害者グループ
一、彼らを外から取り巻く生徒達

一、現場を知る教員、即ちクラス担任他
一、現場を知り得る校長・監督者
以上が関係する人物であろう。立場として分けたが、担任、校長は、その権限・義務からして、情報の全てを捉え、知っていなければならない義務がある（監督者として）。知らなかった、では済まされないのである。仮に、そうであったとすれば、そのこと自体が怠慢である。

さて、考えてみよう。この中に於いて、「加害者を外から取り巻く生徒達」「担任の教員」「校長」、この人達は「傍観者」となり得る人達である。但し、未成年の同級生については、「罪は問えない」。罪は問えないが、担任等に「情報」を知らせること、〝いじめ防止の一役を担う、その為の勇気〟を持つこと等は、教師としての教育の〝要〟である。

担任の教員・校長に於いて、「見て、見ぬ振りをする」「知っていて、知らぬ振りをする」「注意をし、更正指導することを怠る」「口を出さない。手を差し伸べない」、すなわち「不作為」に徹するのである。

いい替えれば、「責任ある立場にあり、その権限（指導・教育する権限）を持ちながら、正に指導することを期待され、その権限を行使でき得る地位にありながら、敢えてその作為をしないこと」である。

この「不作為」の渦中に置かれた被害者は、一日の大半を過ごさねばならぬ学校に於いて、唯一、〝救いの願いをもって幼い手を差し出すこと〟のできる相手、すなわち、〝教師〟が、〝手を引っ込めてしまえば〟、〝奈落の底に突き落とされた〟も同然である。

逆に加害者にとっては、指導的地位にある先生が「不作為」、すなわち『黙認』に因る『お墨付き』、すなわち〝いじめても、黙っているよ〟の意思表示をし、承認されたと受け取り（すなわち、不作為に因り加害者に対して間違ったメッセージを与えてしまう）、それが後押しとなり、更にいじめがエスカレートする。このことが可能となってしまう。

「許されてはならない行為」が「許されてしまう」学校内でのこの行為下で、被害者は社会人になってまで、いやその後も、その〝辛《つら》さ〟を背負い続け、一方で、加害者は、その後も真の教師に出会わなかったため、教育されないまま社会人となり、その行為は陰に日向に続けられるであろう。

この時を逃しては、間違った芽を摘む（更生させる）ことは、不可能となるのである。

その権限を持ち、義務を果たさねばならぬ立場の者は、〝不作為〟者であってはならない。決して「知らなかった」で済まされてはならぬ〝使命〟があるのである（いずれにしても、〝いじめ〟の問題を放置するわけにいかない程、その件数、悪意の質が深刻となった。これを踏まえ、〝被害者救済〟が喫緊の課題となり、「法的対応」が必要とされ「いじめ防止対策推進法」制定に至ったと考える)。

我々が耳を疑う程、驚いたのは、頭脳明晰な、どちらかといえば、他より体格が優るわけではない平野君が、ある〝経験〟を持っていたということだ。

「この話は、自分にとって自慢話となり得るので、あまり他人に話したことはないのだが、この様な議論となってきたので、話をしようと思う」

俺は、福島県会津の田舎に生まれ育った。今は、通っていた小学校は廃校になってしまったと聞く。その後、中学を経て、親元を離れ下宿して都会の高校に通った。

その小学校三年になった時である。俺の育った全体で八十戸程の小さな村から一年生の男の子が入学してきた。

その子は、片足が不自由で、歩くのも大変であった。当時の田舎のことでもあり、この時代の田舎では、家業の農業で朝早くから晩まで多忙であり、彼の両親は、我が子を大変心配しつつも、手を貸してあげる余裕などなかった。

俺は、その子が入学して間もない頃、「足が不自由である」という理由で「いじめを受けている」ことを知った。

ある日の午後、その現場に居合わせた。体育館の北側で他の生徒や教師から死角となる場所であった。

加害者は、彼と同じ一年生と見られた。三人組で、うち一人は三年生の俺以上に体格が優っていた。取っ組み合いをすれば、すぐに投げ飛ばされる程に思えた。

しかし、俺は三人程のグループを組んだ加害者たちに向かって〝震えあがる程の剣幕〟をもって、「弱い子をいじめるんじゃあねえ！」と、腹からありったけの声で、真剣に叱りつけた。

同じ村から通う子は、わずか三人。彼と、私の同級の女の子と私だった。三人は、毎朝一緒に通った。

村の家々から少しはずれた所に、神社があった。毎朝、人目には付きにくい、その神社の鳥居の先の木立の陰の所で落ち合った。俺は、その足の不自由な男の子を背におんぶした。少し俺の体力では重かったが、冬などは、その子の体温で背が暖かく感じられて心地好かった。女の子は荷物を持ってあげた。

こうして、三人は誰にも気付かれることなく、学校の近くまで一緒に行った。学校まで約三キロもあり、子供の足で四、五十分程はかかった。

学校の手前に欅と杉の繁みがあり、その木立の陰で彼を背から下ろし、何もなかった様に、三人は校門をくぐった。この様な慣れ親しんだ三人の仲が、毎日、日課として続いた。

彼が小学校三年、私と彼女が六年になり卒業する迄の三年間、村の誰にも、学校の誰にも、このことは知られずに通《かよ》い続けた。

〝知られずに良かった〟。仮に、知られれば、我々二人の株は上がるが、反面、この子の立場はマイナスとなるに違いないからである。

〝おんぶまでしてもらって通っている〟と思う大人も同級生もいるかもしれないからである。すなわち、更に〝被害者〟となる可能性が大であることは、子供ながらも判っていたのである。

時を経て、我々が中学に入り、通学の途中で、時々、彼に道で会った。彼も小学四年生となり、体力も付いて、本人も嬉しそうな表情で、少し遅れながらも、回復途上にあり、キチッと歩ける様になった姿を見せてくれた。正に、〝自立〟したのであった。三人共、喜んだ。

実は、その前にこんなことがあった。

「〝このこと〟は誰にも知られず、三人の秘密として守られたまま良き思い出として残った」と思っていた。

しかし、である。この子は、先輩である俺・平野守生とその同級の女子生徒の小学校卒業式を前にしたある日、どうしても、〝自分の恥（おんぶしてもらい三年間学校へ通ったこと）は差し置き〟、〝二人への感謝の気持ちを全員に伝えたい〟という熱い心情を押さえ切れなかった。そして、その機会は、この二人を送り出す〝卒業式〟をおいて他に無い。それ程の強い意思であった。

そして、卒業式の当日、彼は職員室に行き緊張した面持ちで担任の先生に訴えた。自らの足が不自由であったこと。それは、幼いながらも、農家に生まれた長男として、小学校へ入学する前の年齢でありながらも、未だ筋力も付いていない体を無理して重労働を強いられたことが原因であったこと。他の友達より、その面で〝劣る〟と幼いながらも身に沁みて感じていたこと。それにより、常々心は〝暗く〟、〝何事にも消極的〟であったこと。そして、小学校一年に入学を機に、その不安は、〝何倍にもなって、自分に襲いかかってきた〟こと。……以上の様な状況にあったが、『〝平野守生先輩とその同級の女子生徒の二人に出会い、三年間、雨の日も、風の日も、一日も休まず〝おんぶ〟してもらって通《かよ》い通《とお》せた〟』という事実を伝えた。その旨を、〝卒業式〟で全生徒を前に披露して頂きたいと、担任の先生に告げた。その際、彼は、〝自分の立場のことは一切、考慮せずに〟対応して頂きたい旨を申し添えた。

〝このこと〟を担任から報告を受けた「校長」は、〝その様な友情がなされていたこと、しかも三年間も続けられてきたこと〟に感動し、この〝卒業式〟の日に、この〝美談〟を祝辞にて披露した。

生徒も、先生方も、父兄も皆感動し、拍手となった。

驚いたのは、卒業生の俺と同級の女子生徒の二人であった。この〝披露〟については、勿論、何も知らされていなかったのである。

二人は、恥ずかしさで少し顔が紅潮した。が、しかし、〝心の中で胸を張った〟。二人とも、互いに目が潤んでいる顔を見合わせた。

二人は、〝このこと〟は、彼の精一杯の〝我々二人に対する恩返しである〟と心の中で感じ取った。〝心の中で、逆に、彼に御礼を言った〟。

そして、〝この出来事の全て〟は、俺にとって、自分のこの後の人生に〝正義と勇気〟を体験として教えてくれた。

逆に、俺は、〝このことの全てに因り〟、〝彼から教えてもらった〟のであった。このことに気付いた。俺の、〝物事を見、判断する、一本の物差し〟は、〝このこと〟をきっかけとして出来上がったと考えている。

後に、彼は努力して、子供の頃の苦労が（人一倍の）努力も厭わない者に育ったのであろう、今、東北大学に在学していることを知った。と、共に、彼女もまた、学年、学部は異なるが同じ大学に通っていることを知った。同郷であり、また、〃同じ秘密〃を共有していることもあり、互いに〃お付き合い〃しているとのことであり、俺も、内心、喜んでいるのさ……。

「いやあ〜〜、失敬。少し話し過ぎたかなあ……。しかし、この事は、俺にとって精神的な土台となり、しっかりとした揺るぎない正義感を植え付けてくれた貴重な経験である。そのためもあって、俺は〃法学部〃を選んだのだ。このことが、無かったならば、俺は、今、どの様な道を進んでいたのかも判らないんだ」

北村淑雄君が、「私見であるが」と前置きして、結論として次のように、まとめた。

まず、「いじめの定義」について。被害者の生徒に対し、一定の関係にある他の生徒が行う「心理的、又は物理的影響を与える行為」であって、その被害者が「心身の苦痛を感じている」ものであると考える。

かつ、「いじめ」の中には、「犯罪」の構成要件を満たすと認められるものもある。前記の

「物理的行為」について、具体的に〝なぐる〟〝ける〟等の行為は、正しく、「傷害罪」を構成する。但し、未成年者であるが故に、刑罰は留保されるのである。

　一方、責任能力があり、監督する立場（すなわち、地位、権限を有する）にある教員等は、（このことは、実際上、証拠を積み重ね証明することは難しいが……）極論すれば、「不作為に困る行為」、或いは「未必の故意」に因り、「封助犯」「教唆犯」「共謀共同正犯」の構成要件を充足させる〝可能性〟は否定できないのである。

　すなわち、「いじめ」の概念、或いは定義から、その行為は発展し、「犯罪」を構成する可能性が大である。所謂「犯罪者」になり得るということを、未成年であっても加害者には〝教育・更正機会〟を与え、また教員は、自らを〝傍観者〟とならぬ様、律すべきであろうと考える。何故ならば、〝傍観者〟すなわち前述の〝不作為に因る行為〟の構成要件を充足させる可能性が大であるからである。

　以上で、この問題について、「罪と罰」の大命題の議論の中で、種々な問題点まで発表したが、我々にとり、具体的に役立つ議論となったものと考える。

　以上、北村淑雄君によりまとめられ、この問題については終了とした。

（※なお、本件記述の内容は、二〇一三年制定の「いじめ防止対策推進法」の〝法解釈をしているわけではない〟ことを断っておく。）

四章　金沢大学と友の下宿での風景

工業高校卒後、同級の友との再会
――同じ道を歩む友、大川修君を訪ねて・初めての金沢、下宿にて

慶早戦も終わり、講義は続いた。我々仲間は、やはり「刑法」の講義が一番興味もあり、集中した。

そうこうしているうち、季節は夏となった。七月十日からは夏季休講となり、九月初めまで約二ヶ月続くこととなる。

団藤は、今日から夏季休講が始まる、その十日の朝、家にいた。六時少し過ぎに起きた。少しのんびりしていた。陽は、のんびりしていた心を急かせるように、既に空の上の方に。朝から暑くなりそうな気配である。

朝、八時頃であった。玄関を叩く音、同時に、「こんにちは！　団藤！　いるかい！」と声がする。どこか、懐しい声である。

団藤は、二階の自分の部屋にいた。急いで階段を下り、玄関に向かい、戸を開けた。

〝何と！　大川修君ではないか！〟

玄関先に立っていた。団藤より背は高く、一七五センチ程であった。庭には、彼が乗って

きた自転車が置いてあった。彼の実家は熊谷の街中にあり、ちょうど帰省したようで、そこから一〇キロメートル程は離れている我が家まで自転車でやって来たのであった。四、五十分程はかかる距離である。

大川修君も、団藤も、進学校とは対極にある工業高校生であった。彼は、剣道部に三年間所属、厳しい練習に集中していた。団藤は、一年間のみ吹奏楽部に所属していた。

高校時代は、互いに会えば挨拶する程度の仲であった。どちらかといえば、互いにそれ程気に掛ける間柄でもなかった。普通の友であった。ただ彼は、辛い時も常々、笑顔を失わなかった。その様な彼の人柄が誰からも好かれるところであった。団藤も、その点好印象をもっていた。

「おぉ〜〜！」

「しばらく！　元気かい？」

「卒業以来だなあ〜〜」

団藤は、思いがけなく会えた友に、驚きと喜びも重なり、大きな声を掛けた。

大川君は、自らは剣道部の精神ともいうべき、信念と厳しさを持ち、しっかりとしている態度であった。が、友に対しては、いつも、おだやかで優しい態度で接していた。その様な高校時代の印象であった。

「うん～～」

「実は……」

と、言ってから、彼は話を端的に告げた。

「この四月に、『金沢大学、理学部、物理学科』に入学できたんだよ！。高校卒業後、一年程就職し退職。その後、一年受験勉強に集中し、『一期校』に入れたんだよ！」

大川修君は、嬉しそうに告げた。

「えぇ～～、すごい、すごい！　よく頑張ったなあ～～」

「よかった。よかった。高校の同級生四十名の中から『金沢大学』と『慶應大学』の二人がいるなんて、いいねえ～～」

二人は、互いに、固く握手をした。何ごとかを互いに誓うように！

団藤は、大川君を招き入れ、二階にある自分の勉強部屋に通した。団藤は、一階でインスタントコーヒーを準備し、二階まで運び部屋の勉強机の上に二つのコーヒーを並べた。散らかしてある本を適当に片付け、狭い机にイスを二つ置いた。イスの向きからして、二人は、斜めに向かい合った形となった。

高校卒業後の互いの進んできた苦労話などをした。話は止めどもなく続いた。卒業後二年間であったが、青春時代の〝道標〟の選択の時は、迷いと悩みの繰り返しであり、霧の中で道標を見つけ、そのおぼろげながらの標識を信じ、選択せねばならぬ程の深い、かつ意義のある時間である。そして二度と通ることのできない時間である。すなわち、人生で一度だけ与えられた〝かけがえのない〟時間なのである。

互いに、卒業以来、二年振りに会うことができた。異なった方向へ進んだ者同士が再び同じ境遇で会うことは、まずあり得ない（数学でいえば、互いのベクトル＝進むべき道は、全く異なる方向を指して進んでいるわけであるから、交わることはあり得ない）。

大川君は、卒業後、就職。団藤は、予備校であった。各々の道をそのまま互いに進んでいれば、それは交わる接点は皆無に等しく、まず、互いに会うことは（この世界で）無かろうと考える。

その異なった道に一端進み歩み始めた二人が、互いに「大学」という〝共通の場〟に立ち、今は、『夢』或いは『大いなる目的』を持ち、語り合い進もうとしている将来は、希望に溢れていた。

団藤の家で、二時間程歓談した後、大川修君の下宿の住所と互いの電話番号を確認した上で、その日は別れた。

我が家から自転車で帰る大川君を、団藤はあたたかく見送った（心の中で拍手をして見送った）。彼の後ろ姿も、喜びが溢れているように思えた。

この日、この時、が大川修君との一生の友としての付き合いが始まる、貴重なスタートラインに立ったことを知る筈も判る筈もなかった。その後に流れていく時の推移の中で、山あり谷ありが待ち構えており、それに因ってなお固い絆が結ばれることを！

この夏、団藤は、金沢へ行くことを約束した。当時は、北陸新幹線など無く、北陸金沢の地までは、相当遠く感じられた時代であった。

大川君は、団藤に対し、金沢へ向かう日付と「特急〝白山〟」に高崎から乗り、金沢に到着する、おおよその時間を告げてくれれば、駅の改札口まで迎えに来てくれる旨、約束してくれた。

団藤は、恋人に会うのに似た新しい興奮を覚えた。それは、人生に於いて、これから長い道程の中で、青春の時において、夢を語り、希望を語り、悩みを語り、迷いを語る同じ舞台に立つ友を得たことと、知らない初めての金沢の地へその友に会いに行く期待とが入り交じった感情であった。

団藤にとって「金沢」は初めてであり「北陸地方の〝におい〟はどんなであろうか？」とイメージはふくらみ、楽しみにしていた。

団藤は、この夏休みの早いうちに「金沢の大川君」を訪ねたくなった。思いは募った。まず、自分の家の事情、すなわち、家業の農業の手伝いがないことを父親に確認し、金沢の大川修君の下宿に一週間程滞在することを決めた。

地元の高崎線最寄駅にて、あらかじめ高崎から金沢までの「特急券」（特急〝白山〟）を購入した。時刻表にて調べると、五時間程の行程であった。

大川君の言葉を思い出した。

「特急〝白山〟に乗っていると、乗り心地よく、レールの音がさながら子守り歌の如く響き、時折り車窓を眺めながらも、〝単行本一冊〟読み切ってしまう程の時間はかかる……」

当日、早く目覚めた。期待で、あれこれ考え、熟睡はできなかった。高崎駅からは、特急〝白山〟の一番列車に乗る計画であった。時刻表で調べ、地元の駅から下り列車に乗った。二十分程にて高崎駅に着いた。ここまでは見慣れた風景であった。

駅で〝だるま弁当〟を買った。読みかけの本一冊を忘れずに持って来た。厚い表紙の石川達三著『青春の蹉跌《さてつ》』である。準備は整った。

やがて、高崎駅に特急〝白山〟がゆっくり入ってきた。到着のアナウンスが流れた。何だか、団藤にとっての〝旅〟の始まりを告げる様であった。その〝旅〟は、団藤にとって初めての長旅で遠方であった。友が待つ金沢へ、期待に胸を膨らませ、明るい未来に向けて旅立つようであった。輝いていた。

当時、北陸金沢まで一番速い交通手段は、この特急〝白山〟であった。団藤は、これに乗り込んだ。勿論、金沢へは初めての旅であった。特急は、揺れも少なく、心地好い車輪とレールの音の調べであった。客席の位置も、特急は一段と高く、窓からの眺めは今までとは異なる景色であった。旅の始まりは、期待で一杯であった。

正確な時刻は記憶にないが、確か、九時前後に高崎駅を発車、金沢に向かった。

長野県に入り、軽井沢駅の辺りでは右手に浅間山が見えた。黒斑《くろふ》、前掛山《まえかけやま》が確認できる。その一体の稜線はきれいであった。何度眺めていてもきれいな稜線である。

団藤は、かつて車で草津から嬬恋村を通る時、浅間山一体を反対側から眺めたこともあったが、見慣れているのはやはり南側からの眺望である。もっとも、団藤の住んでいる熊谷の方向から見る浅間山の遠景も、特に冬の雪を頂いた景色は美しい。

……そんな事を車窓から思いながら、団藤は、持って来た読みかけの本を読み始めた。

右側に、遠景に、ちらっと日本海が見える様になった。

北陸に入ったのだ！　そう思った。初めての風景である。いよいよ大川修君が住む金沢のとっつきに足を踏み入れた感がある。

反対側は田園風景である。団藤の住む所も同じ田園地帯であるが、関東地方のそれとは、一部において異なっていた。それが、やはり、〝北陸のおもむき〟を成していた。関東地方に於いては、数十軒集合した割と大きな集落が、各々が防風林に囲まれ、その集落の外側に広々とした田園を備えている風景である。それに対し、北陸地方は、一軒又は二、三軒程の固まりにて、各々防風林を備えている。田園風景の中に、ポツンポツンと数軒の家々が点在している風景である。

そして、その防風林は、関東では、欅や樫の木が主であるのに対し、北陸のそれは、檜や杉である。すなわち、欅や樫は、上へ大きく扉状に広がるのに対し、檜や杉は、かなり上の方まで手入れがなされており、小枝は落とされ、結果、きれいな太い柱（幹）が何本も並んでいるが如く見える。その、〝すっと〟高く伸びた幹の林がきれいである。その縦の線に対し、家屋の屋根の長く伸びた水平の線の対比もきれいである。

また、畔道の交わる所等には、広い田園の中に一本くらい「目印のような木」が植えてある。大きく枝を伸ばしている扇の様である。きっと、その集落では、皆で呼び合う「某《なにがし》かの、共通の呼び名（＝愛称のような）が付けられている」場所を示す〝木〟なのであろう。

……そんな事を考え、本を読んでいると、目だけが文字を追い、内容が頭に入らなくなってきた。

少し、眠気がしてきた。列車の車輪の軋む響き、まして、旅の途中のそれは良いものである。心地好い時は、浅い眠りから、夢見心地に誘い、やがてうとうととして、熟睡してしまった。目覚めたのは、あと二十分程にて金沢駅に到着するとのアナウンスがあった時であった。

もう少しで、「大川君」に会える。また、「金沢」は、どんな所であろうか？

北陸は、〝北陸のにおい〟がするのであろう。「どんなのかなあ〜〜」などと期待していた。

アナウンスは、良く響いた。「終点、金沢」を伝えた。

ホームに降りた。団藤が今まで通学等で利用していた駅とは大きく違っていた。北陸の拠点、その玄関口のホームであった。

改札を出た。大川君は、未だ来ていなかった。団藤にとって金沢は、初めてであり、不案内と考え、大川君は改札口を出た所を「待ち合わせ場所」として連絡をくれていた。

その改札口から駅のホームの辺りは、一応の乗客の流れがあった。それは閑散としているわけでもなく、混雑している程でもなかった。

団藤は、その間を利用して、駅の売店にて手頃な値の当時人気であった「ニッカウィスキー〝髭のおじさん〟」を購入し、「おみやげ」とした。

待ち合わせ場所の改札口に戻ると、間もなく大川君がやって来た。

「やあ、遅れて、済まん。待ったかい？」

「いや、そうでもないよ！」

「じゃあ、下宿まで、歩いて行こう！」

と歩き出した。

が、街並みに入った途中で、〝パチンコ〟をしてから行こう、とのことになった。

「金沢では、一定の時間帯に全ての台の〝チューリップ〟が全開となっているパチンコ店があるんだ。俺は、そこを知っている。余り儲けようと思わなければ、三十分程で少しは稼げるんだ！　それ以上、夢中になると、大概損をするんだ。システムが良くできているんだ」

そんなことで、二人はパチンコ店に入り、チューリップが開いたままの台を選び、二人で少し稼いだ。〝格言〟通り、三十分程で止めたお陰だ。〝軍資金だ！〟とのことで、それをポケットに入れて、彼の下宿まで歩いた。

大川君の下宿は、彼の話によれば、以前は「百姓町」といわれていた所であった。現在は「金沢市幸町」である。後に、大川君と散歩して判ったことであるが、この場所は、〝犀川〟

まで近く、また城下町だけあって、全ての道は十字路は無く角《かど》で、〝袋小路〟となっていた。

「パチンコで稼いだ〝軍資金〟で、ビールとつまみなど買ってくるか？」下宿に着くと、大川君は玄関に入る前に団藤に相談するように言った。

「行きつけの近くの〝酒屋さん〟は、すぐそこに見える角を『左』に曲がって次の角も『左』、その次は『右』に曲がって、……えぇと、最後は『左』だよ。その最後の角から先を見れば「酒屋」の看板が見えるよ。……『左左右左』と憶えて行けば、歩いて十分はかからないよ。行ってみるかい？」……と団藤に言った。

大川君の少しの〝笑み〟が、団藤には少し嫌な予感がした。が、団藤にとって、この様な城下町の街並みの中は、歩くのは初めての経験であり、興味が湧いた。団藤が生まれ育った村は、〝狐か狸に化かされない限り〟道に迷うことなど百パーセントない所だからである。

喜んで引き受け、団藤は二人の軍資金を持って出掛けた。歩き出すと、十字路は全くなく、道路幅は狭く、軽自動車でさえやっと通れる程の道であった。家並みも皆同じ様な造りの板塀であり、帰り路の目印として憶えておくところなど一つも無かった。

「なんで、ここは百姓町などと呼ばれていたんだろう？」と考えながら、大川君の教えてくれた通りに、「左左右左」と口ずさみながら行った。板塀の家ばかり並んでいる最後の角を

「左」に曲がると、すぐに「酒屋」が見えた。

「何のことは無い、簡単だ！」とつぶやいた、と同時に〃大川君の送り出す時の少しの笑み〃から逃れたとの思いがあったのか？「良かった」と安堵した。

その店で、缶ビール五〇〇ミリリットル二本と、つまみを買った。軍資金は少し余った。気分は爽快であった。なにせ、「軍資金」は、タダで手に入れた様なものであり、大川君と二人で、うまいビールを飲む場面が思わず想像された。

さて、喜んで下宿に帰ろうとした時である。この酒屋に、どちらの方向からやって来たのか不明となってしまった。店先に出て、左、右を確認しても、同じ様な板塀の家並みであった。区別はつかない。

少し焦ってきた。酒屋さんの五十歳は過ぎていると思われる主人に、〃落語ではないが〃「私はどちらの方向から来たのですか？」と尋ねてみたが……「さあぁ〜〜？」と言うばかりであった。

団藤は、住所も、目印も、下宿の名前すら未だ知らない。その様な状況で、出掛けて来てしまったのだ。少し後悔した……。しかし、考えてみれば、大川君に教えてもらったのは、「左左右左」だから、帰路は、その逆、すなわち「右右左右」の順に角を曲がれば、下宿に着くはずである。

その通り、途中から見当を付けて、角・角を曲がった。が、下宿は見当たらない。困った。少し冷静さを失いかけていた。この初めての北陸の地、金沢であることを考えて、余計焦りを感じた。

一瞬思った。親友大川君の〝少しの笑み〟が嫌な感じがしたが、真にそれが的中してしまったと。もう一度、帰路の出発点の酒屋まで戻ろうとしても、焦って〝頭の中が真っ白〟になるばかりであった。

間違いに間違って、戻り、ようやく酒屋の店先に辿り着いた。あぁ～～。良かった。団藤は、安堵した。今度こそは、大丈夫だ。店先を先程とは異なる方向を選び、「今度は異なる方向だな！」と再確認した。

「右右左右」と角・角を〝口で唱えながら〟（ここに住んでおられる街の人が見ていたらきっと笑われるに違いない、が真剣であった）やっとの事で、下宿に辿り着いた。間違わなければ、酒屋まで往復二十分程で済むところを、倍以上の時間を費してしまった。

考えてみれば、片道十分程の場所であり、焦らず何度か間違っても繰り返せば辿り着く範囲の町内《まちうち》である。何のことはないのである。

出迎えた大川君は、笑いながら、

「良い経験をしたなあ～～。この迷路は、大抵の友達が一度で戻れなくて苦労するんだ。だいたい倍以上の時間がかかると見ていい。……これで団藤も普通の人間ってことが判ったよ！」と言った。

大川君に案内され、団藤は缶ビールとつまみの入った袋をぶら下げて、雑多なものが少し散らかっている庭から玄関を開けた。

勿論というか、玄関は割と頑丈にできていて、しっかりとした造りである。鍵など付いていない。途端、団藤は「びっくり」した。一瞬、言葉が出なかった。

下宿の外見は、和風の古い民家の上に、軽量鉄骨を上に継ぎ足して、三階建てとなっている。古い民家の名残りの瓦屋根の一部が一階の屋根に確認できる。

取りあえず、間に合わせの様に継ぎ足して三階建てに仕立てたのは、素人目にも直ぐ判る造りである。家主の家業は「解体業」である旨、大川君から聞かされると、「さも、ありなん」と納得した次第である。

玄関は、昔の土間がある農家の造りそのものである。想像するに、玄関を閉めておいても隙き間風が入り、通気性は、ほどほどに保たれている様子である。玄関の〝戸〟は大きな厚い、団藤のヒザの高さの半分程ある〝敷居〟にはめてある。大人でも、〝力いっぱい〟引かないと開かない程の頑丈で重いものである。

その玄関の戸を、力を入れて「よいしょ！」と団藤は開けた。重く、軋む音がして開いた。

……あ然とした。声が出ない。〝土間〟は、昔ながらの造りであるから、かなり広い。農家の造りである。夏だけに、湿気も手伝って、土間は黒く、そして湿っている。

……が、それだけではない。それだけならば、団藤も農家の生まれであるから驚かない。なんと、元気な、成長期の生き生き青々《あおあお》とした〝ブタクサ〟〝ネコジャラシ〟をはじめとした数種類の雑草が生え揃っているではないか。

それも、ほとんどの雑草は、精いっぱい伸び、団藤の膝くらいの高さまであった。

「すごいなあ～～！　大川！　肥料でもやっているのかい？　ここまで生え揃っていれば、育ててきた甲斐があるというもんだ！　それも家の中まで……。立派なもんだなあ～～」

団藤は、思わず率直に言ってしまった。

見れば、〝大川君の書斎〟は、八畳間《ま》が二間《ふたま》続きで、奥には〝床の間〟、〝違い棚〟も一応備えられ、いわば〝書院造り〟であった。

大川君、曰く、

「ここで、家の中まで生えてきている緑の草原を見ながら、ビールを一杯やるのもさながら〝浅間山の草原〟に囲まれている気分になり爽快なもんだよ！　なかなか、他では味わえない良さがあるんだ。風流だろう～～勉強も進むよ！　草原は、悩んだ心を癒してくれるんだ！」

団藤は呆気に取られていた。

「そうだ、冷蔵庫に何かある筈だ。〃すいか〃が半分くらい……」と言って、大川君は土間のところまで突き出ている〃板《いた》の間《ま》〃にポツンと置いてある冷蔵庫を開けた。何せ、その広い板の間には、たった一つ、冷蔵庫が置いてあるだけであった。他には何もない。

大川君が、冷蔵庫を開けた。団藤も一緒に覗き込んだ。〃中の棚〃の中央に、〃赤い切り身のスイカ〃が半分あった。が、その上と下の段のスペースがいけなかった。その他の食品のほとんどが、〃カビ〃だらけであった。それも、カビの、あの〃白い繊毛〃が数センチも伸びているではないか！

それを見て、びっくり！

団藤は、大川君に対し、思わず〃悪態〃をついてしまった。

「おぉ～～、このカビの繊毛も、また〃風情〃があるなあ～～」

大川君は、何食わぬ顔で、

「スイカは、二、三日前に、団藤の為に冷やして置いたものなんだ」

「これは未だ、〃カビ〃が生えていないから充分食べられるよ！」

「大丈夫だよ」

……と言いながら、スイカを取り出してテーブルの上に置いた。

ま、そんなことで、団藤は初めての金沢の地、そして友、大川君の下宿に〝驚きつつも〟、こうして工業高校の同級生同士が、当初は互いに夢にも描かなかった大学生となり、一つ屋根の下で、それも異郷の金沢の地で夢を語りながらいることに感謝しつつ、この不思議な縁というか運命を感じていた。

二人は、ビールを飲みながら、また、大川君が用意してくれたスイカを食べながら、雑談した。団藤は、大川君が、一度就職し、一年程勤務の後、約一年間、受験浪人の後、金沢大学に合格した旨、熱心に聞いた。

当初、勤務先に於いて、工場勤務から努力すれば研究室にでも入れる夢を描いていたが、如何せん工業高校卒では製造ラインのチーフになるくらいが、〝関の山〟であることが見えてしまった、とのことであった。

その中で、〝自分の生き甲斐〟〝将来〟をどこに探していったら良いのであろうかと、非常に悩んだ末、約一年間にて退職し、大学進学の道を目指し、自宅浪人したそうである。

それに対し、或る意味、団藤は、恵まれていた。家業は、その時、農業であった。決して裕福ではなかった。いや貧しい方であった。が、父、祖父共に、結果として二年間の受験浪人を認めてくれていたからであった。

従って、貧しかったが、精神的には安定していた。唯一自らの努力次第で道を開くことができる環境にあった。

祖父〝弘〟からは、祖父の弟〝國一〟が苦学して早稲田大学政経学部を〝首席〟で卒業したこと、そして〝努力すれば必ず報われ、道は開くことができる〟ことを〝励まし〟として事ある毎に教えられていた。それらも、団藤を後押ししてくれた。

いずれにしても、大川君、団藤共に努力をし、未だぼんやりとした大掴みの目標であり、具体的な目標を定めていないながらも、特に大川君は一度就職した経験から、一般的なサラリーマンには決してならず、他の道を探していくとの誓いがあった。

そして、互いに「これから先、どんなことがあっても一生、励まし合い、多少困難を伴っても〝真っ直ぐな道を切り開いて行こう〟と決心」していた。

〝やろうぜ！〟と誓っていた。

〝親友、一生の友〟を得た（恵まれた）と、その時直感した瞬間であった。

これから先、〝友〟を得、一層自信を持って未来へ歩んで行きたいと、少しの安堵を持てた時であった。

〝ありがとう、大川修〟

ビールを飲み干した後、大川君から、「そうだ、折角だから〝犀川〟に行ってみようか！」と誘いを受けた。この下宿の〝百姓町〟から犀川までは、歩いて直ぐの距離であった。真夏であり、犀川も山脈からの雪解けの水が、こんこんと流れ、水量は多いと想像していたが、思ったより水量は少なかった。

川の土手を下り、水面に手が届く程の所まで下りて行った。泳いでいる、割と大きめの魚が見えた。背ビレが川面に見える程、浅かった。大川君が、日本海の方向と、山側の方向を各々指さし教えてくれた。山は、〝立山連峰の山並み〟、夏でも雪を頂いている雄姿が遠景に確認できた。

素晴らしい眺めであった。すっきりと高い青空、残雪の白、やや紺色の山並み。特急の名にもなっている、名峰〝白山〟も教えてもらった。いつの日か、この〝霊峰白山〟に登ってみたいと団藤は、その魅力を感じた。

ここに居ると、〝山が近い〟こんなにも近い。

素晴らしかった。

素晴らしい眺めであった。

いつまでも眺めていたかった。

この様な環境の下で、人生を語り合い、真に、青春を謳歌することは、恵まれているんだ……と考えが及ぶと、畏れおおく、身に余る程の環境にあることに感謝した。

が、しかし、二人共に、この二年間を各々の道で苦労しているせいか、〝感慨に浸って〟いる間もなく、人生如何に生くべきかの問いについての〝道標〟を探す方が重要であった。

しかし、若い時は、〝人生如何に生くべきか〟について、未だ緊急性は無く、〝おぼろげなもの〟、すなわち〝総論〟で良かった。

未だ、互いに大学一年生であり、具体的な目標は定まってはいなかった。

人生って、そんなものである。と、団藤は思った。若くして苦労した者は、或いは、苦しい環境に身を置いた者は、早くに目標を設定し得る。例えば、大切な親を若くして病で亡くせば、その子は早くに病の人を救おうと医療の道を志し、努力するであろう。

また、親が、安易に連帯保証人になったばっかりに、財産を失うのを目の当たりにした子は、法律は、どうなっているのか?、こんな目に遭う人を救わねばならないという志を立て、早くに法曹界を目指すであろう。

平凡で、苦労していない者程、目標を示してくれる〝物事（境遇・環境）〟に出会うのは難しいのであろう。なまじ中途半端に、普通の家庭に生まれたのが、その意味では一番困るのであろう。自ら、進んで、世の中の〝大変なこと〟、〝苦労を強いられるところ〟に、身を置くことを、せねばならぬのであろう。そういうところの〝出会い〟は、いつ現れるのであろうか？　或いは、その様な心を持っていなければ、その〝出会い〟も見過ごし、通り過ぎてしまうものなのではないか？

何故ならば、〝自らの心〟が常に〝そこに〟目を見開いていなければ、自分に判らないうちに、自分が気付かぬうちに〝真に目の前にそのことが存在しているのに〟気が付かず〝通り過ぎてしまう〟のである。

……そんなことを団藤は考えていた。

犀川の水の流れと、遠く立山連峰の雪を冠した山並みを眺めていた。

「そういえば、作家の五木寛之は、この金沢に居たことがあるんだっけ？」……と、団藤は聞いた。

「……教えてもらったんだが、あそこに見える橋を（と大川君は指さし）向こう岸に渡り間もなくの所に住んでいたとのことだよ」

「何でも、奥様が金沢出身で、その縁でしばらくここに住んでいたと聞いたよ」

……と、大川君は教えてくれた。

「そうだ！」と、大川君が言った。

「向こう岸まで行き、少し歩くと、〝忍者寺〟があるんだ。一度見ておくといいと思うんだ。俺も未だ行ったことがないんだ。まだ閉館までには時間もあるから行ってみないか？」

団藤は、「うん、おもしろそうだな」と、すぐに賛同した。

二人は、橋を渡り、犀川沿いの道を少し歩いた所の角を、川とは反対側へ進むと、間もなく「忍者寺」に着いた。正式には「妙立寺《みょうりゅうじ》」というらしい。「日蓮宗」である。

大川君と中に入った。係の人の案内にて、玄関に近い部屋から説明があった。各々の部屋には、様々な仕掛けがあった。一応建物の中の仕掛けの説明が終わった。

その後、案内に従い中庭に出た。そこにあったのは、〝直径一・五メートル程の堀り抜き井戸〟である。井戸の淵は、我々の腰より少しだけ高い程である。中を覗くと、水はなく、げんこつの二倍程の大きさの丸い石ころが敷き詰められている。

案内人の説明によれば、この井戸は、横穴から犀川の下を通り、金沢城に続いているとのことである。

団藤は驚いた。

「まさか、本当かな？　当時、そんな技術があったのかなあ？」と、半信半疑であった。しかし、案内の人が説明するのだから、その通りなのであろう、と思った。

そんな時を過ごした。互いに、大学一年目の夏の思い出であった。大川君にとっても、四月に入学し下宿に引っ越した金沢での初めての夏であった。

勿論、団藤にとっても、この夏は金沢での思い出の始まりであった。

その後も、大川君は、彼の実家の熊谷に帰省した際は、必ず団藤の家に立ち寄った。団藤の方も、やはり金沢の地の魅力と、大川君という友に引かれ、毎年、夏休みを利用して大川君の下宿を尋ねることを楽しみにしていた。

大川君と団藤は、時々、手紙のやり取りをしていた。時には、長い文を封書で送って来た（今でも大切に保管してある）。

その封書の一部。


……もう十三日、今は、午前だから、十四日になってしまった。あまりに時が沢山たってしまう。

三月も半ばというのに冬なみの寒さが続いている。ほとんど外へ出ないから、そう堪えないが、こたつにいても寒さは感じるよ。部屋の外へ出るといえば、トイレに行くのとお茶でも飲もうかと水を汲みに行くくらいなもので、一日中、いや一晩中、こたつにかじりついている。

こんなんでいいのかな、なんて今、思っている。もし世の中が不況になったとき、俺みたいなものから飢え死にしていくのだろうな。いやだね。

もう牛乳屋さんが起き出して、ガタガタやっているが、妙な気持ちだ。

どうだ。勉強やってるか。こっちでも図書館へ行くと法科の学生が、何人か六法全書を机の上に置いて何やら一生けん命やっているよ。

おもしろいのかな。まあ受験勉強みたいなんだろうな。それなら話は判るが。あれは、時々スランプに陥ってすごくいやになることがあるよな。あれさえなければ、まあ面白くないこともないと思うが……。


まあ、いろいろ何通もの手紙をやり取りした。時も経ち、互いに大学四年生になった。

大学四年、金沢の風景

毎年一回以上、団藤は金沢の大川君の下宿を訪ね、大川君も年に最低二回は熊谷の実家に帰った。その時は必ず金沢への帰り道、団藤の家に立ち寄っていた。

四年生になると、当然、大学卒業後の進路の問題が互いに迫ってくる。だが、団藤は三年生の一月頃には銀行に就職が既に内定していた。団藤も夢がなかったわけではない。しかし一応、歴史ある家の長子として生まれ、或る意味、負の歴史、負の資産、即ち、曾祖父の代に酒造業を廃業したこと、そして、その原因が外的要因であり、近隣の藩主に多額の金銭を融通したこと、更にその後の無心の要請等があったこと、これらの要因が負の歴史として背にのしかかっていた。

更に兄弟は、妹三人であり、当然、長子として家を継ぐことが期待されており、地元の銀行に勤務せざるを得なかった。そのことについては、祖父・父共に何も言わなかったが、団藤自身は充分承知していた。

もっと勉学に励み、目指す道もなかったわけではない。だが、まず「稼ぐ」ことにより家計を助け、一応のレベルまでもって行かねばならぬことは判っていた。

それは、それとして、団藤にとっても、大川君にとっても、大学最後の夏休みであり、団藤は、大川君に連絡をとり、熊谷の自宅を出発し、大川君のいる金沢に向かった。

もう既に、駅から下宿迄の道は判っているが、大川君と金沢駅にて待ち合わせて、下宿に向かった。

途中、大川君が、

「折角だから、金沢大学、すなわち金沢城に行ってみるかい？」と誘った。

「おお！　そうだね。是非、そうしよう」と答えた。

最後の夏であり、今後、そう何回もこの金沢を訪れる機会はないであろう団藤は思った。しかし、今まで何回も下宿を訪ねても、そういえば大学すなわち金沢城を訪ねる機会はなかったのだなあ〜〜と振り返った。


大学一年の時、夜、下宿を出て、金沢城とは向かい側に位置する兼六園を、大川君と訪れた時は、園の中を流れる堀に、ホタルが舞っていたのを思い出した。

その頃は、兼六園は規制が緩く、夜間入園可能で無料であった記憶がある。兼六園と金沢城（城址公園）は、しっかりとした歩道橋で結ばれている。それは、石垣を積み上げた城の高さであり、間を貫く下の道路からは、仰ぎ見る程の相当な高い位置に架けられている。

城門を経て、中に入ると広々としていた。かつての城はなく、中にいくつもの校舎が並んでいた。その頃、金沢大学は城址公園の中に在ったのだ。

時計は、午後一時近くであった。

「少し遅くなったが、〝学食〟でお昼を食べよう」と、大川君は学食を紹介したいようであった。

「おお、そうだな、そうしよう！　少し腹もへってきたし」と団藤は頷いた。

この四年の間には、大川君を慶大に呼び、というより一緒に大学に行き、いくつかの講義を受けたことがあった。その際には、団藤の慶大の友、夏目俊通、平野守生、北村淑雄に会う機会を得て互いに紹介し合った。そんな記憶が、団藤に蘇った。

良い思い出となったが、時は過ぎ去ってしまう。それも楽しかったこと程、すぐに過去のものとなってしまうのである。

学食の雰囲気は、どこの大学もあまり変わらないものであった。二人でカレーライスを食べ、コーヒーを飲んで、外に出た。

大川君が、さりげなく〝金大《きんだい》生のデートコース〟は、こっちだよと教えてくれた。

校舎が並ぶ横の小径を入って行くと、落葉樹の木々の緑が重なり合い、濃淡のグラデーションを成す林の中へと入って行った。途中には、欅の大木もあった。思わず団藤は木肌を手の平で触った。団藤は大木には長い年月を経てきたものに対する畏敬の念があり、手の平を当てて大木の〝体温〟を感じたい癖があった。そうして、少し曲がりくねった小径をくぐり抜けて行くと、丁度、お城の〝一番先の見晴らし台の様な角〟に出た。

そこは、積み上げた石垣の角であり、一番上に位置するところと思われた。三方の見晴らしが良い所である。

簡単な木製のテーブルと、五、六人が掛けられる程のイスが適当に設置されている。なるほど、城跡の角の高台であり、城下の街並みを見下ろすことができ、遠方には山脈が見える。遥かな空である。遥かな未来である。希望である。〝愛を語るに適した場所〟である。

ここの小径の終点まで来ると、前は見晴らし良く、後ろは緑に囲まれて、他人に邪魔されない場所であることが判った。

団藤は、

「大川、お前はここで〝デート〟したことがあるのかい！　いいなあ〜〜」

と面と向かって言った。

「そんな〝いい話〟は縁がないよ！　美人の学生は、文学部にはたくさんいるんだけど……理学部、物理学科は敬遠されるんだ」

そう大川君は答えた。団藤は〝さもありなん〟と思った。

今、一時《ひととき》、街並みを見下ろし、遠く見渡す〝立山連峰〟と〝白山〟を大川君に教えてもらった。

団藤は、今後、そう簡単に訪れることのできないこの場所と、この景色を心に刻んだ。

そして、現時点では〝ここに存在する自ら〟もすぐに〝過去のもの〟、すなわち〝思い出〟となってしまうことも改めて識《し》った。まさに、無常である。

この小径を校舎の方へ帰る途中で、〝あの場所〟に向かう〝幸せそうな男女のペア〟に出会った。小径なので、すれ違いざまに我々は道を譲り、仲睦まじき二人を見送った。

一時《いっとき》の金沢大学構内、すなわち金沢城址公園の散策を楽しみ、大川君の下宿に着いた。この下宿も、団藤にとって何度目の滞在となろうことか。大学一年の時は、一階のほとんどを使って、〝床の間付き〟〝土間付き〟、更におまけに〝土間の雑草付き〟の部屋全てを占領していたことを思い出す。

大川君は、下宿の一階に入り、廊下を歩いて突き当たりまで行った。その辺は窓がなく少し暗かった。団藤は、後を追《つ》いて行った。そこに階段があり、二階へ上がった。更に今度は二階の廊下を反対側まで行き、突き当たった。そこには、日曜大工で建て付けられた様な、急ごしらえの木造のドアがあった。いかにも解体業の大家さんの手作りによる〝戸〟である。周りの造りとは、材質も異なる違和感のある〝ドア〟である。

大川君が、「ここからが素晴らしいんだ！」と言いながらドアを向こう側に押して開けると、………何と！

〝空には、いくつかの星が輝いて見える〟夕方であった。

外壁に取り付けられた階段であった。三階を経て、更に上がった。まさに、非常階段である。

が、しかし屋上の階段は、〝槍ヶ岳〟登頂の最後の階段の如く〝危くない様〟に腰より少し上の位置まで、両手で身体を支えられるように、鉄製の手摺りを伸ばして作られていた……まさに〝登頂〟である！

団藤は、思わず、「なんと、大川！　屋上に住んでいるのか？」と言った。というより、言ってしまった。

屋上は、割と広い。危険を避けるために、腰の高さ程のアルミ製のフェンスで四方は囲まれていた。

その一角である。ポツンと、〝小屋〟それも〝粗末な小屋〟が建てられていた。どこからか回収した廃材で建てられたような感じである。

何故だか判らないが、この下宿の家全体の構造上の問題と思われるのだが、その小屋は、屋上の床面より一段と低い位置に建てられていた。すなわち、屋上の床面より、おおよそ、膝の高さ程の低い位置に小屋の床は設置されている。

サッシのガラス戸を、軋む音をさせながら、大川君が開けた。これでは、大雨の際は、小屋は床上浸水となってしまうのでは？　と心配した。

「団藤、まっ、入ってくれ！」

と大川君に促されて入った。団藤は、恐る恐る膝程の高さを下った床に足をゆっくり踏み入れた。

入ってみれば、意外と広く感じられた。全体的には広い一室である。一番奥は、更に三〇センチ程低くなっている。仕切りはない。布団がきれいに折りたたんである。割ときれいに整頓されていた。

「今夜は、俺はこの床で寝るから、団藤は〝寝室〟で寝ろよ！」と大川君は言った。と、間を置かず「これが、特製の〝安眠枕〟だよ！」といって、直径二十センチ程の丸太を〝寝室〟から持ち出してきた。

何やら〝人の顔〟が、その丸太の四分の一程に大きく彫ってあった。その顔の下は〝首〟と思われ、割と〝長い首〟に他の丸太の太さより細目にえぐれて削ってあった。

何と！

「ここの〝首〟のところに頭を乗せて寝ると〝首と首が合わさって〟枕としてぴったりするんだ！　一応、モジリアニの絵をイメージして、長い首もうまい具合に彫ったんだよ。判るかい？」

「その美人の女性を枕にして、いい夢見るよ！」

団藤は感心した。何よりも、モジリアニの絵を彫刻にし枕にするなんて、発想が気に入った。誠に自由な発想である。

この金沢の地は、清流犀川が水を湛え、日本海に注ぐ。遠景に、立山連峰、名峰白山、と雪を冠した山脈……それらがこの雄大な大地を育み、おおよそ、ここに暮らす人々、特に若者を、誠に〝自由な発想〟に包み込んでくれる〝トポス〟なのであろう。

青春の一時期を、この地で過ごすことは、たとえ、それが数年間であるにしても、それは一生を左右する程の〝考え方・価値観の礎を備える芽を育んでくれる〟、そのような年月であり得るのだ……そう団藤は思った。

この地は、青春の悩みも、苦しみも、岐路にあって、全て良き方向への道標を示してくれる、その様な風景、居場所すなわち〝トポス〟なのである。

良き方向への道標とは、必ずしも悩みも一挙に解決してくれるということではない。それは、考える方向性〝道標〟のヒントを与えてくれるということである。

かつ、この地は目先のこと（利益）を追うことの無意味さ、と同時に、遠い未だ見ぬ先まで見通した〝大きく、広く、永い〟道程《みちのり》を求めていくことの大切さと、その意義を指し示してくれる道標となるであろう。

寛容で偉大な名峰と、清き犀川の流れ行く日本海である。

目の前の課題は、それはそれとしてやらねばならぬ。そのことは、もちろん必要な大切なことである。だがしかし、目の前の対応をすることと、遠い先にある〝目標・道程〟を見据えて向かって行くことの大切さは、相容れないものではない。特に後者は、絶対不可欠の意識の問題として、乗り越えて行かねばならぬものである。

団藤は、金沢の地、大川君の下宿を何度も訪ね、そう考えるに至った。そう考えさせてくれるのは、この地の名峰と犀川と日本海である。これらに育まれた〝トポス〟である。

一方、大川君は金沢の地に〝住み続けて四年〟、団藤の考え方より遥かにその影響を受け、揺るぎない信念を持つことになったであろうことは想像に難くない。生きて行く方向を自らに納得がいく様に定めたのであろう。

彼が団藤にあてがってくれた〝枕〟、作りかけの〝モリジアニのデフォルメされた首長の少女の彫刻〟を見てそう思った。

しかし、彼も未だ進路を決めたわけではないことは、話の中で判っていた。もちろん、迷いがあることは確かであった。従って、卒業してももう少しの間、この金沢の地に留《とど》まるとのことであった。

一方、団藤は自分の家の諸事情から、銀行に入ることを決めていた。三年生の一月には銀行に内定していたのであった。まず、稼がねばならぬと団藤は考えていたからであった。そんな考えを巡らせていた。

……ふと、我にかえった。

団藤は、大川君に促され、彼の机の所へ案内された。入口のサッシの戸と並んで、一間幅《いっけん》の窓ガラスが設《しつら》えてある場所である。その窓は、東側に面している。そして、机の周りは効率良く以下の様な配置となっている。

すなわち、窓を右横に、机は北向きに置かれている。その部屋の〝机の所に行き着く〟には、両側に書棚が置かれ、その間の肩幅程の狭いすき間を通り抜け、〝辿り着く〟ことになっている。大川君曰く、

「こうして書棚の間に腰を下ろし、本に囲まれていると、まるで図書館にいる雰囲気になるんだ！」

北向きの机に備えてある椅子に腰掛け、百八十度、すなわち反対側に回転し、南向きになると、そこには、譜面台が置かれ、その足下にはギターが置いてある。

驚くのは、未だ早い。更に、その椅子を、東側の窓に面する様に九十度回転させ、サッシの窓を開けた。団藤は、驚きで、腰を抜かす程であった。窓の外には、〝ガスコンロ〟がブロックの台をしっかり組み合わせた上に置かれている。

前述の通り、小屋の床は屋上の床面より三〇センチ程低いため、ガスコンロの高さは、イスに腰掛けて操作するのに丁度良いことになっている。その横には、フライパンがあり、内側の譜面台の横を見れば、小型冷蔵庫がしっかり置かれているではないか。

一年生の時訪れた、床の間付き土間付きの部屋から見れば、大分《だいぶ》コンパクトになった感がある。しかし、屋上の広い庭付きではある。

冷蔵庫を彼が開け、缶ビールを取り出した。以前と異なり、さすがに〝カビ〟は生えていなかった。

（ひと安心！）

その晩は、簡単に外で夕食を済ませ、ビールを飲んで〝モリジアニ〟の枕で寝た。熟睡できた。

翌日は、大川君の案内により、金沢の街並みを散策した。夕暮れには未だ少し時間がある頃、二人は下宿に戻った。

大川君は、屋上の彼の小屋、まあ言ってみれば四年生の長老が屋上に〝城〟を作ってもらって住んでいる様なものであった。一〜三階までの下宿生は、いわば、全員が、〝家来〟のようなものである。

四年生は、大川君だけであり、大川君の話によれば、一～三階で全部で十二室あり、十二名の学生（〝家来〟）が大川君の他に下宿しているとのことであった。

三階まで外の階段を上ってきた彼は、「団藤、先に屋上に行って待っていてくれ！」と言って、三階の部屋に行ってしまった。

少し待っていると、「いや、すまん、すまん」と大川君が笑顔で、しかしどこか怪しげな、何かを企《たくら》んでいる様子で屋上に上がってきた。

「いや、実は、この三階に、三年生でこの下宿を仕切っている〝応援部〟のやつがいるんだ。彼に、俺の友達がはるばる埼玉県から来ているので、全員、屋上の〝城〟に集まる様に頼んできたんだ」

と団藤に告げた。

団藤は、ビックリした。と同時に、「この屋上に在る〝掘っ立て小屋〟は、もう一つの〝金沢城〟だなあ～～。城主は、百万石の〝大川修〟君、であ～～る」と言った。

「ところで、大川、俺は、〝おしっこ〟をしたくなったんだ。屋上にトイレはあるのかい？」

と団藤は、もぞもぞしながら尋ねた。

大川君は、

「トイレは各階に一つずつあるが、屋上には〝特設〟のものしかないんだ」

と言うと、屋上の三方に設置してある危険防止のアルミフェンスが腰より低いため、角のところに行って、まず大川君が「こうやるんだ！」とズボンのチャックを開け、三階の屋上から下に向け〝おしっこ〟を放水し始めた。

「そうか！　俺も！」と団藤の放水も続いた。二人で、二本の放水を続けた。子供心に返った。爽快感だけが残った。

屋上には、三個程の発泡スチロールの鉢に〝ナスと他の野菜の苗〟が植えてあった。まさか？　これに水をくれるのも、〝おしっこ〟かな？　などと団藤は良からぬことを考えた。

しかし、改めて冷静に考えてみると、〝ゾッー〟とした。おしっこをしたこと自体は、拙《まず》いが、下に誰かがいたら、もっと大変なことになっていたであろう。但し、一応、下を見て、確認はしていたから……と、少しは安堵した。安堵はしたものの、〝軽犯罪法〟に抵触する恐れもあること、と考えると〝ゾクッ〟とした。

やはり拙い。今後は〝襟を正そう〟と反省した。

そうこうしているうちに、下宿の学生、すなわち、〝金沢城主〟の家来達が集まってきた。十二名中、八名が集まってくれた。我々を入れ、全員で十名となった。

大川君は〝城主〟にしては〝ママ〟で全員のコーヒーを入れていた。家来の何人かも手伝っていた。八名集ったうちの二名が、夕食の買い出しに出掛けた。

準備が整うと、大川君が、例の〝ガスコンロ〟に火を付け、仕入れて来たウインナソーセージや肉などを炒め始めた。

その間、あっちこっちで雑談が始まった。小屋、いや〝城〟の屋根は、たやすく登山でき、その上でコーヒーを飲む者、二、三人あり。下から伸び上がれば手渡しですぐ受け取れる屋根の高さである。各々の振る舞いは、学生らしく自由奔放であった。

簡単なつまみと焼きそばを、大川君は全員分作ってくれた。みんな、それらを平《たいら》げた。

その後、大川君が「団藤も登らんか？」と屋根の上から促した。大川城主が屋根の真ん中に腰掛け、団藤を含む数人が屋根の上に腰掛けていた。

先程、皆を集めてくれた、この下宿の〝まとめ役〟の三年生、名を「大林君」といった。

彼が、下にいた。スッと立ち上がった。

この時、彼は既に〝学生服〟を着用していた。両足を少し開き、両手をキチッと後ろに組んだ姿である。胸を張って、しっかりとした、大きな声を発した。

「オッス！

全員、起立！

本日は〜〜、遠く〜〜、遠く〜〜埼玉県は〜〜、熊谷の地より〜〜、我々は〜〜、大川先輩の友〜〜、団藤先輩を〜〜、この地に迎えたあ〜〜！　なににも勝る〜〜喜びであ〜〜る！」

正に、正に、金大《きんだい》応援団に在籍、三年生の「大林君」のしっかりとした、緊迫感のある挨拶である。〃学ラン姿の正装《せいそう》〃である。起立していた全員、屋根の上の者も、

「そお〜〜だあ！」

と返した。

団藤は、屋根の上であったが起立していた。

数秒間、丁重に頭を下げ、限りなき友達《とも》の歓迎に、深く〃謝意〃をもって応えた。全員が起立したままであった。緊張の中にも温かい空気で包まれていた！


応援団の三年生「大林君」は続けた。

「折角の機会であ〜〜る！、団藤先輩、先輩の慶應義塾大学の〃応援歌〃を！」

「お願いします！」

ということになってしまった。止むを得ない。覚悟を決めた。

団藤は、

「〃慶應義塾大学……応援歌〜〜！　〃若き血〃！」

と、しっかり、もてる限りの大きな声を発した。

右手で〝コブシ〟を作り、歌いながら、そのコブシを胸に痛い程ドン！　と当て、ひと呼吸おき、右上へ、高く、大きく挙げ……これを繰り返し、力の限り声を出した。

金大の学生達の中にも慶應義塾大学応援歌を知る者も数人いた。間違えながらも、大きな声を張り上げ、一緒に歌ってくれた。

……終わった。

「ここに集まってくれた、金大のみんな！　感謝しまあ〜〜す、一生涯！」

「今日のことは忘れませ〜〜ん」

「ありがとう〜〜！」

それから再度、しっかり〝コブシ〟を握り、

「フレーー」

「フレーー」

「きんだあ〜〜い」

を、二回繰り返した。

……これをもって団藤は、しっかりと〝返礼〟の〝エール〟を発した。

その直後、「大林君」の音頭で、

「フレーー」

「フレーー」

「……だんどお～～」

「ソレ～～」

「フレーー、フレーー、だんどお。フレーフレーだんどお、フレーフレーだんどお！」

と最後のフレーズは、全員で、〝エール〟を返してくれた。

団藤は、この下宿のほとんど全員の歓迎に感激した。

心の中で、大川修をはじめ、大林君、下宿のみんな、〝一生の友〟として固く誓った。この光景は、一生忘れはしまいと心に刻んだ。

皆の前で不覚にも、涙を流してしまった。

しかし、考えてみれば、これもみな「大川修」君の〝人徳・人柄〟からきているものだと理解した。

かつ、団藤は、今日のこの一日、大切な一日は、もう二度と来ないこと、正に〝一期一会〟であることを悟った。

少しの時を経て、この屋根の上から眺められる犀川を指差した。三階の屋上の更に上に建てられた小屋の屋根の上であり、眼下に流れが見えた。

更に、何度か見た山脈を眺むれば、南奥に〝霊峰白山〟が、はるかに確認できた。白山の北方向に目を遣れば、〝立山連峰〟が遠く眺められる。

「この天守閣の屋根の上は、気に入った！　素晴らしい！」と団藤は、大川君に向かって言った。

皆、各々、ビールを飲んだり、つまみを食べたり歓談していた。

すると、応援団の三年生「大林君」が、〝一冊の厚い本〟を、右手で大きくかざした。

「全員！、注目！　この本を見よ！　中央公論社の〝日本の詩歌《しいか》〟であ〜〜る。ここにあ〜〜る、全ての歌を、全員で、今宵は、歌おうではないか！

俺が先に、一小節歌う！　みんな！　後に追いて、大きな声で歌ってくれ！」

と彼が声を上げた。

応援団部員だけあり、それも中堅の三年生だけあり、改めて見れば、彼は学生服に着替えて、この場に来てくれたのである。学生服が、彼の態度に似合い、彼が、光って見えた。

感謝！

「まず、寮歌から歌うぞ！　最初は、我らが〝第四高等学校寮歌〟から始めるぞ！　その後、最初の頁から歌うぞ！」

……京都大学ボート部の〝琵琶湖周航の歌〟を経て、島崎藤村の〝初恋〟は、大林君が、「まだあ〜〜、あげ初めしい〜〜前髪の〜〜、林檎のもとに〜〜見えし〜〜」と、詩吟の様に独唱した。

そうこうしているうちに、東の空が少し明るんできた。もう、四時少し前になっていた。

中央公論社の〝日本の詩歌〟の厚い本も、未だ少し残っていた。

応援団「大林君」の指示により、

「これにて解散！　ご苦労さん！」

「各自、勉学に励み、また運動に励むように！」

と「大林君」は最後まで、しっかりと統率した。

皆、眠そうであった。

団藤は、集まってくれた全員に、感謝と、御礼の気持ちで一杯であった。団藤は、全員に握手を求めた。最後に、「大林君」、そして「大川君」に感謝の意を込め、力強く握手を交した。

大川君と団藤は、小屋で仮眠をとった。

四時間程経った。八時過ぎに目が覚めた。

二人は、どういうわけであったか、再び、金沢大学の方へ歩いて行った。兼六園を通り抜け、陸橋を渡り、城の門を通り抜け、校舎が並ぶ所まで来た。

「もう少しで、この金沢大学とも〝さらば〟ということになるな」

と、大川君は、ポツンといった。団藤は、黙って聞いていた。

「俺は、しばらく、この金沢の地に残る　大都会の東京に出てサラリーマンになるつもりは、全くないんだ」

この金沢の地は、犀川、立山連峰、霊峰白山、これらに囲まれ過ごすことができる。悩みに応えてくれ、〝道標〟を正しく示してくれる。そのように思うんだ」

高校を卒業して一年間、工場勤務を経験した大川君にとり、この間の、一労働者としての経験は、良くも悪くも、彼の一生を左右する重要な一年間であった。かつ彼にとって、ある意味長い一年間であった。

このことが、後に彼の将来を決定する揺ぎない土台となったことは、間違いなかった。

しかも、これ等の要因が、彼をして、大学も金沢の地を選ばせたのではあるまいか。

この地は、彼の生まれ育った故郷にはない、彼の〝青春の道標〟を指し示してくれるものがある。

それは、

「犀川」

「立山連峰」

「霊峰白山」

そして、
山脈と街を覆う「雪」。

そうして、彼は、最終的に、そのような道標に導かれ、彼の〝人となり〟が正に生かされる場〝トポス〟に行き着くのである。

五章　竹篭事件と友との二十年に亘る決別

大学四年の夏、大川君のいる金沢の地を、寂しさを感じながら後にした。

団藤は、再び金沢を訪れることがあるのか、或いは、大川君は、この金沢の地にいつまで留《とど》まるのか？　……不詳である。未来は、不詳なのである。

大川君は、駅まで送ってくれた。青春のいろんな思い出をくれた、金沢の地を後に発車した。

特急〝白山〟の窓から、立山連峰、霊峰白山が見えた。懐かしかった。しばらく眺めていた。

団藤は、心の中で、〝さらば〟と山に向かって言った。いつの日か、また新たな気持ちで〝来るぞ〟と、はっきり誓った。

団藤も、大川君も、この後、全く異なる道を歩み、ある〝事件〟を機に、約二十年もの年月を経るまで、〝会うことがない運命（決別）〟が待っているとは、夢にも思わなかった。

そう考えると、北アルプスの峠で、〝道標《みちしるべ》〟を、互いに全く違う方向を、選択したわけである。互いに相手の歩む道程《みちのり》を理解するなどという寛容な心は、期待できる筈がない。時を経て、〝その心〟に気付き、寄り添うまでの時間は、余りにも、長かった。

その事件に際し、団藤理は、そもそも〝事件〟との〝認識〟もなかった。その時、図らずも、自らが採った行動と言動が、親友大川修君との親交を断絶するとの〝認識〟が、である。

自ら採った、選んだ道を邁進している時、それも若干の自信を感じ取っている時、人間は、時として、自らの自信に溺れ、他を排除し寄せ付けない〝妄信の病〟から抜け出せないものである。

人生、何十年かは、判らない。しかし、その短い人生に於いての決別二十年間は、永い。

しかし、〝この事《こと》〟が、永きに亘る、断絶の契機となるなどということは、予想だにしなかった。

それは、団藤理が、銀行に勤務して、三年程経った一月の末頃のある寒い日曜日の夕方のことであった。

団藤は、銀行員として大宮地域のある支店に勤務していた。入社後三年を経て、銀行の職務にも慣れ、精一杯働いていた時期であった。

思い出して年月を確認してみれば、昭和五十一年一月の寒い季節であった。

当時の銀行員の仕事は、大学生であった頃には、予想もつかなかった。

世の中は、田中角栄首相の〝日本列島改造論〟で、日本の人的・物的輸送の効率化、迅速化を図るべく、〝新幹線〟の計画が動き出していた。

当然、この埼玉県の中心地〝大宮地域〟は東北・上越両新幹線の計画下にあった。従って、当時の〝国鉄〟による新幹線用地の買収が動き出していた。

企業（事業）主体は、国鉄の関連会社である〝鉄建公団《てっけんこうだん》〟であった。

予想だにしなかった。団藤の銀行員としてのこの時期の営業職務の中心は、土地代金獲得であった。すなわち、鉄建公団による農地買収によって農家に〝用地代金〟が入る。このため、農家を朝も夜も訪問し、交渉によって、農協に対抗し銀行に預金してもらう事が職務であった。

時代は少し前になるが、銀行の〝この辺りの労働の実態、すなわち、用地代金獲得にまつわる情景と、その裏側のあぶり出し〟を映画化された著作に、山崎豊子の『華麗なる一族』がある。

銀行の営業の実態は、正に、ここに描かれた通りであった。〝銀行の支店長が農家の田植えを真剣に手伝う場面等、倒れる迄頑張る姿〟である。

当時の経済状況は、全体的には三十九年に行われた〝東京オリンピック〟が起爆剤となり、企業は設備投資を増加させ、事業拡大を行い、景気が拡大し東京一極集中が進んでいった。

我々銀行が県内にて集めた大量の資金は、需資が旺盛な東京の大企業宛の融資に充てられた。当時は、企業による〝直接金融〟すなわち〝株式・社債等の発行に因る資金調達〟市場は相対的に未成熟であった。

この様な〃金融をとり巻く大きな図式〃となっていた。

団藤は、この様な資金の大きな流れの仲介役を果たしている銀行の一員、すなわち、〃大きな歯車の部分を担う小さな歯車の一つ〃として、入社以来、三年間、営業活動にどっぷりと浸かってしまっていた。

かつ、〃これを是〃としていた。精神的にも、ある意味、他のこと（生き甲斐とか価値観）を考えられなくなった分、反対作用として〃充実〃していた。

団藤は、もはや、学生時代に様々に議論したこと、仲間、友との友情、それ等は、〃捨てはしないが、少し横に置いて〃、〃頭から離れさせて〃いた。

そうでないと、とても業績を挙げることなどできるわけがないと、覚悟して仕事と戦っていた。


もう、〃思考する学生〃は、遠い昔に忘れ去り、〃稼ぐ父親〃になっていた。

そのような変容を纏《まと》っていた団藤は、その一月末のある日曜日の北風の吹く寒い夕方、かつて最も信頼し、人生の友として友情を誓い合った、〃友「大川修」君〃の突然の訪問を受けたのであった。

団藤にとって、いや一般のサラリーマンにとって、日曜日の夕方というものは、憂鬱なものである。翌日、月曜日からの仕事、すなわち案件、時として困難な問題を抱え、それが頭を過《よぎ》り、辛い時間帯である。早く月曜日になり、行動開始してしまっている方が、ましである。そんな時間帯であった。

大川君は、軽トラックを我が家の庭に止めた。

後に判ったことであったが、北陸の遠方から途中、大雪の降る中を、〝軽トラ〟で遥々とやって来たのであった。団藤、〝友・団藤〟の家に寄ろう！　との思いをもちながら、長時間かけて〝軽トラ〟を運転し、やっと着いたのであろう。

「こんにちは！」と、聞き覚えのある、かつ懐かしい、い、声が聞こえた。

団藤も妻も、庭に車が止まって、下りて来たのは〝大川修君〟であることは、直ぐ判った。

懐かしい友が来た！

妻は、団藤の結婚式に大川君と会っていたので、これが互いに二度目の面識となった。

団藤理と大川修は、互いに、

「おぉ〜〜！」

「しばらくだなあ〜〜！」

「よく来てくれたなあ〜〜！」

と、声を掛け合った。

団藤と妻は、喜びの心をもって、温かく出迎えた。

それは、物理的には、玄関の床面より、一段と高い床の上に立って出迎えたのであった。

「まあ、上がれや！　遠い所から、寒かったろう！」

と団藤は、声を掛けた。

（この時は、遠方より、寒空の中をやって来た〝友〟を温かい心遣いで出迎えていた）

すると、大川君は、

「ちょっと、待ってくれ！」

と声を掛けて、玄関を出て行った。乗って来た〝軽トラック〟の方へ行き、後部の荷物カバーをしてある緑色のシートを上げ、中から、竹箒二本と竹箕《たけみ》一つを抱えて、玄関まで持ち込んで来た。

（学生時代に大川君は何度も団藤の家を尋ね、時には宿泊したこともある。従って玄関に持ち込むなどは、或る意味、学生時代と何ら変わらない姿である）

立派な、竹箒であった。竹の枝がいっぱい組み込んであり、市販の物より段違いに良いものであるのは、素人目にも直ぐ判った。また、竹箕は、みごとで大きく、しっかりと編み込んであった。竹細工である。

竹で、手は相当傷つき荒れたであろうことは想像できた。考えてみれば、団藤も大川君の家は、何度となく訪れ、彼は建て具店の二男であることは判っていた。従って、〝木目細かい仕事〟が得意で、手先が器用であったのだ。

大川君は、玄関にそれらを置くと、他の話、すなわち、(三年程も会っていないのに)〝近況報告〟等の話もなしに、

いきなり、

「団藤！　これを買ってくれ！」

と言った。いや、〝言った〟というより、〝言い放った〟。大川君が、団藤の家を尋ね、玄関に入って来て、〝未だ、二、三分の出来事〟であった。

団藤も妻も、あっけにとられて、しばらく言葉が出なかった。どんな顔をして出迎えて良いのかも判らなかった。

しばらくの〝沈黙〟が、その場の空気を支配した。団藤は、竹箒と竹箕に、見るともなく、目を遣った。竹箕は丈夫そうで、しっかりとしていた。

……が、そんな出来具合など、どうでも良かった。

本来であれば、一日中話しても、積もる話も話し切れない程、互いにある筈である。三年

程前に、互いに〝友〟として信頼し合いその上で、異なる〝道標《みちしるべ》〟を選択し、それを互いに尊重し合い、励まし、異なる道を歩み始めた仲である。団藤は、金融機関に勤務し、大川君は、金沢の地にとどまったのであった。

〝そのこと〟を友として、知りたかった、語りたかったのである。

しかし、〝そのような、空気〟は、既に、この場からは霧が引いて消えて行くように消え去っていた。

従って、団藤も、〝心にもない〟〝準備もしていない〟言葉を、彼に〝ぶつけて〟しまったのである。

「大川、これは、大川が作ったのかい？」と団藤は、強い口調で言葉を発してしまった。が、そんなことは、聞かずとも、見れば自ずと判ることであり、改めて、特に尋ねる必要もないことであった。

更に、不必要な言葉が続いた。

そのような予想だにしなかった〝彼に矛先を向ける〟方向に、空気が導かれてしまった。残念なことではあるが、そのような方向に拍車がかかってしまった。

「大川、しばらく会わない間に、だいぶ変わってしまったなあ。俺も、すっかり変わったけど……。こうして、〝こんなもの〟を売って歩いて生活できるのかい！　一体、いくらになるんだ！」

と……。

〝友〟に対して、失礼極まりない、言葉を発してしまった。が、団藤にしても、大川君の返答を聞きたいわけでもなかった。聞いて、どうなることでもなかった。

大川君の返事は、なかった。当然であろう。返事の仕様はなかった。

〝真の友〟であり、学生時代に、互いに夢を語り、団藤は、何度となく金沢の下宿に泊まり、大川君は団藤の家を何度も訪ね、時に宿泊し語り合った仲である。心の内は、全て判り合える友であると、互いに思っていた。

信頼していたからこそ、大川君は、自らの現状の心境と立場を慮《おもんぱか》ってくれる〝親友団藤〟を尋ねて来たのであった。北陸、金沢の地より遠路、雪の中を〝軽トラ〟で尋ねて来たのであった。黙って、買ってくれて、これから、雪の金沢に向かい帰る前に、親友団藤の家で、彷徨える自分を、迎え入れてくれ、〝一時でも温かい安堵した時間〟を過ごしたかったのであろう。

大川君の顔には、〝失望〟の様子が伺えた。大川君は、玄関の戸を開けた寒い所に立っている。

（寒かろう。早く上がれよ、といって欲しい。そのような信頼のおける〝友〟である筈だ）

一方、団藤と妻は、一段と高い床の上に立っていた。その位置関係は、物理的に〝上下関係〟にある。久々に尋ねて来た〝友、大川修君〟の目線より、団藤のそれは、上の位置にある。

すなわち、〝友〟を見下《みくだ》す形となっていた。寒い玄関に立たせたままであった。

しかし、団藤は、その様な、〝友を思いやる〟心には一つも気付かず、また、大川修君に対する冷たい仕打ちに作為的なものは何もなかった。

ひとつの傲慢、サラリーマンの世界にどっぷり浸かりながらも、幾許かの金を稼いでいるという傲慢が、本人が気付かないうちに、そうさせたのであろう。

ただ、団藤理にとっては、夢を語り合った金沢の地で、互いに大学四年の卒業を前に別れた〝友、大川修君〟との久々の再会に、期待していた姿とは想像もつかない程の〝昔の意欲が萎《な》えた姿〟に、何と表現して良いか判らない程のショックを受けていた。

金沢駅まで、見送ってくれ、互いに将来の夢を誓い固い握手をして別れた時から、未だ三年程しか経っていなかった。

当然、実家を離れて住んでいる大川修君は、金沢から我が家を尋ねる目的で来たことは明らかである。何故、竹箒と竹箕を買って、「上がれよ！」と声を掛けてあげられなかったのであろう。大川君も、そう期待して尋ねて来たのだ。

思いもよらぬ、〝友からの裏切り〟であったのだ。学生時代に、〝彼から受けた恩は〟、返しても返し切れない程であった。それを思えば、団藤は、当然に、そうすべきであった筈である。

今になって考えれば、大川君の〝姿〟があまりにも団藤の想像を超えていたショックが団藤をして〝冷たい対応〟を取らせてしまったのであったと考えざるを得ない。

しかし、〝それは、それ〟、友は、〝苦境の真っ直中《ただなか》に在り〟、先が見えず、それを見い出すべく、踠《もが》いている最中であったのだ。

何故、そこに気付いてやれなかったのであろう。

だが、一方、それに対する考え方が、頭をもたげる。彼が、異なる道を歩んで悩んでいるにしても、もう少し違う〝道を生きている〟と想像していた。かつ、そう期待していた心もあったのかもしれない。

当然、学生時代に、四年間毎年彼の下宿を尋ね、最後の夏には、彼の下宿の下級生全員による歓待を受けたこと等、思い出される。そうした〝真の友〟であった仲であるならば、大学を卒業して、異なる各々の道を歩んで来た現在までの心境を、互いに語り合うことが当然予定されていた場面であろう。

　卒業して、三年間、団藤は、サラリーマン生活にどっぷり浸かっていた。このことは、自分の本来あるべき姿とは、かけ離れていると考えつつも、職場に於いて、ある程度実績を挙げ、収入もそこそこ得て、結婚し、〝一応の満足〟は得ていた。

　しかしながら、〝心の余裕、懐の深さ〟という点で言えば、未《いま》だ、〝ない〟に等しかった。未熟であった。言い訳になるが、若かったのか？


　あれ程、親しかった友、大学生時、すなわち青春のかなりの部分を、〝金沢の地で、受け入れてくれ、大きな影響を与えてくれた〟大川君が尋ねて来た。

　大川君の無意識の内にあった、すなわち、意識しなくて当然と思っていた〝団藤への友としての信頼〟があったからこそ、竹篝と竹箕を持って、玄関に入って来て、何の前置きの言葉も不要と考え、

「団藤、これを買ってくれ！」

　の言葉が躊躇なく発せられたのであろう。

　そして、大川君は、その時はそうする術《すべ》しかない程、悩み、苦境にあり、切羽詰まっていたのであろう。

そういう暗闇の中に身を置いて、親友団藤に救いを求めて、北陸金沢の地からはるばるやってきたのであろう。

その親友大川君の、団藤を信頼して発した言葉に対し、団藤は、〝強い調子で〟言葉を冷たく返してしまった。

「大川！……帰れ！　俺は、そんな〝大川〟を見たくない！」

……何の返答もなかった。

当然であろう。返す言葉など見つかる筈がない。

一月の寒い夕方であった。空は、雪雲らしき黒い雲が立ち込めていた。北風も冷たく吹いていた。彼は、淋しい背中を見せ、軽トラで帰って行った。

想像するに、この熊谷の地から、更に厳しい寒さの雪国、北陸の地へ、それも〝軽トラック〟で向かって行ったのであろう。何時間もかかるであろう時間を、裏切られた淋しさを背負いながら。

辛い思いをさせてしまった。北陸の地に軽トラで着く頃は、ライトに照らされる雪だけが白い、真っ暗な雪道を走りながらの夜中であったであろう。

〝このこと〟は、団藤にとって、正に、自らが引き起こした、自らが原因を作ってしまった〝事件〟となってしまった。

そして、〝このこと〟が、予想だにしなかった、その後の青年期、約二十年間に亘る、〝絶縁状態〟を作ってしまうこととなってしまった。

団藤には、〝その事件〟の後、一年経ち、二年経ち、五年経ち、その時の、親友大川君に対する〝自分自身の対応の過ち〟が、年々年を重ねるに従って、〝重く、心に〟のしかかってきた。

このことを、深く考えていた。

『サウル・サウル、なぜ、わたしを迫害するのか』（ダマスコの回心＝ルカによる「使徒言行録」より）に匹敵する程の仕打ちであったであろう。

団藤が、無二の親友「大川修君」に与えてしまったこの行為は、若気の至りでは済まされない、消すことのできない行為であった。

六章　北アルプス鏡平山荘にて、友との再会

団藤理の回想を経て

この時の団藤は、銀行に於ける〝融資案件否決〟の後、我が身を振り返り、いずれも団藤理、二十代の青春時代の経験、団藤の生き方の中核を成すいくつかの回想（――慶應義塾大学での風景／金沢大学と友の下宿での風景／竹箒事件と友との二十年に亘る決別）を経ても、自らを被害者として捉えること以外の道は、不確かであり、その場面を思い起こしても堂々めぐりするばかりであった。

少しの時を経て、同じように自らが辿ってきた様々な場面を思い起こし何度か反芻していた時、雷に打たれた如く、はたと気付いたのであった。

団藤は〝親友大川修君〟に対し、取り返しのつかない仕打ちをしてしまったことに。

即ち、〝加害者〟となってしまったことに遅まきながら、気が付いたのであった。

それは、本当に遅すぎた。〝時は溯《さかのぼ》れない〟。悲しいかな、人間は、自らが被害者となって初めて、他人《ひと》の苦しみ、苦悩を理解する（慮《おも》んぱかる）ことができるのである。

そのような自らの回想（自責の念）を経て二十年程の決別の期間を取り戻すべく、大川修君に対し、〝謝罪〟する決意をもって、彼の居場所（トポス）である北アルプス鏡平山荘へ、妻を伴って旅立つことになる。

この時の流れは、銀行における〝融資案件の否決〟その後の〝上野の森美術館アートスクール〟に通い始めてからの出来事である。その中に身を置いて自らの回想を経ての行動である。

友、大川修君の居場所を知る

ある日曜日の、午前十時頃であった。団藤は、ゆっくり貴重な休日を過ごしていた。

突然、妻が大きな声で呼ぶ！

「パパ！　早く来て！　大川修さんが、テレビに映っているよ！　早くぅ〜〜」

二階の自分の部屋に居た団藤は、慌てて一階の居間のテレビの所に下りて行った。

「おぉ〜〜。大川だ！　大川修だ！」

団藤は驚いた。妻もびっくりしている。一緒に〝驚きの声〟を挙げている。

団藤も、妻も、何故だか涙ぐんだ。

「山にいるのかあ〜〜！」

団藤は、しみじみ思った。

〝そうであったのか！〟彼が探し求めていた〝道標〟の行き着く先は〝山〟〝山岳〟であったのか。

さもありなん。探し求め続け、そこに居を求めたのか。

彼の青年期、立山連峰、霊峰白山に育まれて行き着いた場所は、〝一本の筋が通っている場所だ、彼の落ち着く場所だ。彼の〝精神的なトポス〟だ。

いい場所を選んだな！　彼に、ピッタリ合う場所だ。

団藤も一応の年齢になり、会社で働くだけが人生でないことに理解と共感を覚えて、いやそれ以上に〝そうありたい〟とも考えるようになっていた。

彼のここ迄辿り着く、道程と苦労は知る由もないが、しかし想像はできる。

〝竹篙、竹箕〟の先に、あったのであった、〝道標《みちしるべ》〟が。彼の栖《すみか》が、トポスが。

……と思った。

嬉しさなのか、団藤の目は潤んでいた。

テレビに映った「大川君」は、僅か数秒であった。頭に手拭いを巻いていた。どう見ても、山小屋の登山客ではないことはその様子で判った。その様に見えた。

妻は、団藤に向かって、

「大川修さんは、この山小屋に住んでいるんだね！　ここで、働いているんだね！　表情は、とても明るかった。一生懸命、生きているんだね！　ねえ、ＮＨＫに電話して、この山小屋の名前だけでも聞いてみたら？　そして、二人で尋ねてみよう！」

と、少し興奮した面持ちで話しかけた。

団藤も、興奮していた。

こうして、団藤と大川君の約二十年間に亘る断絶を結びつけるかの様に、チャンスを与えてくれるかの如く、〝ＮＨＫの山の番組〟をたまたま見て、「大川修君」が画面に出てくるなんて、〝不思議〟なことだ。

これも、〝縁〟であり、大川君から「団藤！　お前も俺のいるこの山小屋へ尋ねて来い！」とでも言われている様な気がした。

この日は、一日中興奮が冷めなかった。ひょっとしたら、この二十年間の空白の原因を自ら作った団藤に、この空白を埋める、最初で最後のチャンスが与えられたのだ、と考えた。

この時のＮＨＫの番組は、当時「中高年の登山」ブームの切っ掛けとなった番組で、アルプスの山々と山荘を尋ね、山の楽しみを紹介するもので、シリーズが組まれていた。その様に団藤は記憶している。

しかし、団藤は、ＮＨＫに電話をして、山小屋の名前を確認する、その一歩を踏み出すことができなかった。

何故だ。

それは、団藤にとって、その時点では、あの事件に対しての〝謝り方〟が、未《いま》だ決意できていなかったからである。

〝謝り方〟など、どうでも良い。汗水流し、大川君の暮らす山小屋を尋ね、顔を合わせ、ただ謝罪すれば良い。〝形など、言葉など、どうでも良い〟、〝心から〟謝罪すれば、良い。それだけだ。

……という覚悟には、未《いま》だ、団藤の〝人となり〟は程遠かった。

その後、この決断ができずにいた団藤は、以下の様な〝考え方〟に苛《さいな》まれることになった。

（このまま大川君に謝罪しないで、年月が経ってしまったら、〝一生〟彼に自らの気持を伝える機会を逸してしまうことになってしまうであろう）

団藤は、当時の自分は、人生というものを片側の方向のみ、すなわち、自らが歩いて行く方向のみが正しい、としか見ることができなかったことを知った。職場で、痛い目に遭い、苦労して、初めて、その事がやっと判って来た。

自分が順風満帆の時は、他人《ひと》が見えぬものである。自分が被害者の立場に立たされた時、初めて他人が見えてくるものである。他人が苦労し悩んでいることが見えてくるのである。職場で蹴落とされ、今まで見えなかった、いや見ようともしなかった部分が見えてくるのである。この年になって初めて、見えるようになった気がする。

この事については、大川修君は、既に、この加害者団藤によって、二十代半ばに〝被害者〟となり、経験済みであったのである。

団藤の様に、サラリーマンとなり給料を稼ぎ、家族を養っていくのも、それは、それなりに大変なことである。

しかし、そうしないで、別な世界を求め、迷い、道標を探し、蹴落とされ、苦しみ、踠いていたその時に、ある意味、〝助け〟いや〝精神的な救い〟を求め、北陸金沢の遠方から団藤を尋ねて来たのであった。

このことに対し、二十代半ばの団藤には、〝相手のことを慮《おもんぱか》る〟ことができなかったのであった。

あの時、何故、元気付けてやれなかったのか……。

「許せよ！　大川修！　許せよ！　大川修！」

団藤は、この時既に四十歳を過ぎていた。この「罪」を背負ったまま、死ぬことはできない。大川修のためにも、そして何よりも自らのために。

この様なことがあって、団藤も、妻も、半年程が経ったにもかかわらず、「今からでも、NHKに電話して確認するか？」などと話すこともあった。

今からでも、決して遅くはない……。


団藤も、妻も、その頃には、登山を始めていた。妻の職場の同僚の友が、我々を登山仲間に加え誘ってくれたのが切っ掛けであった。

我々は、紹介された登山専門のスポーツ店にて登山仕度を揃えた。最初の登山は、青森の〝酸ヶ湯〟に一泊し、秋の紅葉の「八甲田山」であった。最初の山の印象か、非日常の感動を与えてくれたせいか、〝登山〟が気に入ってしまった。

その後、北アルプスの燕岳、常念岳、大天井岳、奥穂高岳等を登っていた。登山口には、大抵、温泉があり、登山の楽しさは充分気に入っていた。

NHKの山の番組は、欠かさず見ていた。丁度、NHKの山の番組で大川君の姿を見て、〝半年程〟経った頃、畳替えはその都度費用もかかるため、団藤の住む母屋の二部屋を〝板の間〟に改修しようということになった。運よく、隣組に父親の代からの大工さんで二代目の方がいた。「川端さん」といった。

彼は、団藤より四歳程年長者であり、互いに気心の知れた仲であった。その「川端大工さん」に依頼した。

時は、春の初め、少し暖かくなり始めてきた三月頃であった。川端大工さんは、職人一人を連れ、二人で毎日、工事に来てくれていた。大工さんは、朝八時前には、家に来て作業を始め、午前十時と午後三時には〝お茶の時間〟をとり休憩する。一般に、職人さんの仕事の段取りは、その様なものである。

午前十時の休憩は、ほんの少しの時間であるが、午後の休憩は、三十分程はとるのが常である。

高所の現場等、緊張が続くため、特に疲労がたまる午後は危険を伴う仕事柄、休憩が必要なのである。

川端大工さんは、仕事柄か、団藤より一回《ひとまわ》り程体格が良く、背丈は同じ位であった。隣組でもあり、その体格を生かし、以前から〝山登りを趣味〟としていたことは団藤も妻も知っていた。

この日も、午前の休憩は早く切り上げ、仕事に掛かっていた。午後三時の休憩も、いつも通り適当なコンテナを裏返してイス代わりとし、簡易仕立のテーブルを揃えて茶飲み場所を作った。季節も、一年で最も良い時に入りつつあった。この年は暖かく、桜もちらほら、開花し、新緑も芽吹きつつあった。

団藤の家は南側の街道沿いに一本の大きな桜の木があり、裏庭には大きな欅の木が数本ある、小枝の先は既に芽吹きつつあった。

大工の川端さんは、裏庭にセットしたイスに腰かけ、欅を見上げ、「この様なところで、お茶を飲めるなんて、いいねえ！」と話し始めた。もう一人の職人の相棒の人も頷いていた。

団藤も妻と一緒に、この急ごしらえの〝お茶飲み場のセット〟に腰掛けていた。

数分の雑談の後、

「ところで、団藤さん達は、最近、山に行っているかい？」と川端さんが尋ねた。

「俺は、仕事は、お陰様で依頼がいっぱい来て、結構忙しいんだが、それでも夏は、一、二回は北アルプスへ行くんだ」

と続けた。

妻が、川端さんに尋ねた。

「勿論、奥さんも一緒ですよね？」

川端さんは続けた。

「うん。うちは、俺より妻の方が足が達者で山の仲間を作って頻繁に行っているよ。去年は、うまく二人の都合が合ったので、一緒に槍ヶ岳に登って来たんだ。もう何回も登ったんだが、去年は特に良かった。

登山ルートは、いくつかあるんだ。その中で去年は、比較的易しい〝西鎌尾根ルート〟を使ったんだ。我々素人は、道程に〝花がいっぱい〟あるのが一番楽しみなんだ。このルートが、おすすめだね。七月半ばに行ったんだが、高山植物が咲き乱れ、途中、〝ナナカマド〟の白い小さな花が一塊《ひとかたまり》となって、いくつも咲いていてとてもきれいだった」

槍ヶ岳を思い出しながら語ってくれた後、ひと息ついて、川端さんは尋ねた。

「ところで、団藤さん達は、〝槍ヶ岳〟には登ったかい？」

「ただ、槍の頂《いただき》までの〝ハシゴ〟は、垂直に近い様に見え、怖そうだね。〝写真〟では急勾配に見える。そうそう、そんな事より、未だ〝登ったことがない〟んだ」

と、団藤は答えた。妻も、その通りというように頷いた。

「あの〝ハシゴ〟は、いくつもあって、頂上までは各々を登り繋がなくてはならないんだ。ひと昔前までは、〝一つのハシゴ〟を〝往路・復路共に〟使っていたから、〝渋滞〟が起きて大変だったんだ。まさか、登り下り併用なぞ、事故多発となってしまうからね。今は、改善され、登り用と下り用のハシゴは、別々に設置されているから、当時と比べると、とても安心だよ」

と、川端さんは詳しく教えてくれた。茶飲みの場での〝登山の話〟は尽きなかった。

話している間、互いの頭の中は〝北アルプスの道程〟を各々に描いていた。

欅の葉から木漏れ陽が射し、庭の三ツ葉つつじも、花が終わって、その名の通り〝三ツ葉〟がセットになっていっぱいに広がっている。今年は、例年より暖かいようだ。


少しの沈黙の時を経て、妻が、気が付いて良かったとの思いから、少し強い口調で、

「ねえ～～お父さん。川端さんは、山へ何度も行っている人だから……あの、〝大川修〟さんのことを聞いてみたら？」

と言った。

団藤は、直ぐに、

「そうだ！　そうだ！　いいところに気が付いてくれたなあ～～」

と、妻を褒めた。

そして、それは、団藤夫妻にとって予想だにしなかったことを耳にするきっかけにもなった。

〝即答〟だった！

「ああ、知っているよ！　鏡平山荘。そう、鏡平山荘にいるよ。山荘のオーナーに信頼され、またスタッフの兄貴分として、皆から尊敬され、生き生きと働いているよ」

川端さんは、そう教えてくれた。

団藤と妻は、ビックリした。曇っていた空が、真に一片の雲もなく、一瞬にして晴れ渡った。大空となった……そんな瞬間を味わった。

何と、何と、隣組に、私達の親友の〝大川修君〟、何年もの間、探していた〝大川修君〟を知る人がいるなんて……。不思議だ。

「どうして、川端さん、〝大川修君〟を知っているんだい？」

と、直ぐ聞き返した。

「ん？　何てことはないさ。熊谷市内にある大川宅は、その父親の代から、うちの父親が〝大工〟で、先方は、〝建具屋〟さんだから、繋がりがあるんだ。だから、互いに二代に亘り、〝大工〟と〝建具屋〟としての付き合いになっているんだ。

俺が建てた家のほとんどの建具は、大川建具店に依頼しているんだ」

川端大工さんは仕事の関係もあり、大川建具店に何度も伺うのだが、両親は二男の大川修君のことがいつも気掛かりの様子であり、今は、〝山荘〟で暮らしている旨、話されたそうである。

話が終わらないうちに、団藤と妻は、

「そうだ、忘れていた。大川君の家は建具屋さんだったんだ！」

と、同時に口にした。

川端さんは、更に続けた。

「ちなみに、今の鏡平山荘の建物は、大川修君が中心になって建てたということだよ」

団藤と妻は再び驚いた。

「山小屋が閉鎖している冬季を含む約半年の間は下山していて、〝材木に刻みを入れ〟準備をしておいて、初夏の雪解けを待ち、〝ヘリコプター〟で山へ運び、組み立てたとのことだよ」

話に聞き入ってしまう団藤と妻だった。

「実は、うちの妻が、昨年の夏、槍ヶ岳を目指し、〝鏡平山荘〟に一泊したんだ。そしたら大川修君がスタッフとしていて、同郷の誼《よしみ》で大変親切にして頂いたとのことだった。既に、この山荘のスタッフの中では〝長老〟となっていて、若いスタッフから〝兄貴分〟として慕われていたとのことだよ。

大川君も、〝良い居場所〟を見つけた、と思うよ。団藤さん達も、この夏に是非、行ってみたらいいと思うよ！　目の前に〝鏡池〟があって、〝逆さ槍《さかやり》〟が映《うつ》り、それ等の眺望が素晴らしく、写真家の方々が集まってくる山荘なんだ。景色は最高だよ！」

と川端大工さんは、山行を奨めてくれた。


団藤と妻は、時間が経つのも忘れ、興奮冷めやらなかった。

「そうかあ〜〜。大川修君は……そうだったのかあ〜〜大川修、お前にとって……長い間、長い間かかって辿り着いた〝旅〟だったんだ！」

しかし、考えてみれば、「大川修」という人間も、迷い苦労し、〝友にも一時見捨てられ〟辛抱し、最終的に〝よき道標〟に因り辿り着いた居場所（トポス）が、〝北アルプス、鏡平山荘〟であったのか。

「本当に、本当に、良かったなあ、大川修！」

団藤は、〝心から祝福〟した。


その日の午後から夜になっても、〝こんなことがあるんだ〟……と感動し続けていた。

「先が見えなかった話が、こう、うまく運ぶということは、通常では有り得ないことだ！　奇跡？」

と、団藤は、妻に向かっていった。

「お父さん！　こんな風に、あまりうまく話が進んだのは〝何かの縁〟、〝扉が開いたんだよ〟。こんなことは生きているうちに、一度だってないのが普通だよ。この機会を逃したら、もう、一生遭えないいままだよ。予約して、是非、〝鏡平山荘〟へ、この夏、行こうよ！」

妻は、強く、団藤に決断を促した。

団藤は、

「山小屋は、原則予約は必要としないのだけど、とりあえず、予約の電話を入れておこうか」と応えた。

団藤と妻は、川端大工さんに〝心からの御礼〟を述べ、この夏、〝鏡平山荘〟に行くことを誓った。

そして、団藤と大川修君が互いに学生時代からの友であり、何度も金沢の下宿を尋ねたこと、その後の〝あの事件〟のことも伝え、今回決意した〝鏡平山荘への山行〟は、その〝謝罪〟が一つの大きな目的である旨、伝えた。

川端大工さんは、

「そうだったのかい。そんなに仲の良い親友だったんだ！　それじゃあ、今日、この話をして良かったんだ！」

と、改めて、この件について納得し、自らが団藤のために役立ったことを、嬉しく感じている様子が伺えた。

鏡平山荘までの登山、そして再会

その年の八月二日のことであった。団藤は、予め職場に休暇届けを提出し、一週間の休暇をとり、妻と共に車で出発した。朝、四時半であった。

本庄、児玉ＩＣより関越自動車道に入り、間もなく、藤岡ＪＣＴより上信越自動車道に分岐し、その先の更埴《こうしょく》ＪＣＴにて長野自動車道に移る。

松本ＩＣにて、高速道路を下りた。国道158号にて、上高地へ向かう。

家を出発してから、四時間程にて、〝上高地方向と安房トンネル方向との分岐〟の地点に着いた。

この〝上高地〟へは、団藤も妻と共に何度も訪れている。この分岐を、〝卜伝の湯〟がある方向へ曲がり、何度か訪れたことのある〝中の湯温泉旅館〟への入口、すなわち〝安房《あぼう》峠〝への入口の道路を懐かしく右手に遣り過ごし、真直ぐ進むと、間もなく〝安房トンネル〝に入った。未だ新しく、奇麗なトンネルである。

トンネルを抜けると、直ぐ右折し、国道471号線に入る。その先〝栃尾〝のT字路の交叉点を〝蒲田川〝に沿って右折すると間もなく、温泉旅館の〝槍見館〝が見え、すぐに、対岸が〝深山荘〝、その〝つり橋〝の所に着いた。

ここが、登山客専用の無料駐車場である。砂利が敷いてあり、雑草もけっこう生えてはいるが、計百台程は収容出来る大駐車場であり、それが並んで二ヶ所程ある。蒲田川の河川敷である。ここに駐車した。

登山靴に履き替え、山仕度をし、互いにリュックを背負い歩き始めた。

ちなみに、〝団藤のリュックは、本人も気に入っている〝モンベルの45リットル〝であった。けっこう詰め込んで来たので、重いが、良い心地であった。

新穂高ロープウェイの駅手前の、割と大きなみやげ店の入口に、〝登山カードポスト〝が設けられている。そこに、二人で〝登山届〝を記入し投函した。

時計は、十時二十分を指していた。家を出発してから、約六時間で登山開始となった。

その店の前を、向かって右へ進めば、〝新穂高ロープウェイ〝である。団藤と妻は左へ進み、蒲田川の橋を渡ると、いよいよ登山口である。

すぐに、分岐支流の〝左俣谷〟の方を選んで進む。この辺は、整備された砂利道であり、許可された山岳関係の車輌のみ通行可能である。

両側は、新緑の林が奥まで続き、道は、緑のトンネルとなっている。実に新鮮な空気で、爽やかである。思わず、二人共、深呼吸をした。

（これが、森林浴ってやつだ）

と感じた。リュックの重さも感じさせない程、快適に歩けた。何せ、この辺は平らな道である。


少し腹が減ってきた。十一時半頃であった。

登山届を出して歩き始めて一時間程となる。ポケットサイズの〝昭文社発行の五万分の一の地図〟を見ながら、地点毎に時刻を記入しながら歩いている。

団藤と妻にとって、〝地図に地点毎に時刻を記入する〟ことは登山の際のルーティンになっていた。それは再びの山行の際の目安となるからである。

地図を見れば、もう少しで〝わさび平小屋〟に着く。左側を見れば、〝笠ヶ岳〟へと通じる〝笠ヶ岳新道〟の登り口があった。そこから少し歩いて行くと山小屋らしきものが道の右側に見えて来た。

山小屋に着くと、入口付近には、トマトやきゅうり、缶ジュース、缶ビール等が、山から引かれた水に、うまそうに冷えていた。

そばにベンチがあった。いかにも山荘らしい手作りのテーブルが置いてある。二人は、傍らにリュックを下ろした。

見れば、今日は天気が良いせいか、玄関の中の客より、圧倒的に外のテーブルの方の登山客が多かった。男女ペア、グループ等の登山客で賑わっていた。

山行での山荘の賑わい、登山客の会話が、とぎれとぎれに聞こえる中に、これからの各々の行程に希望に溢れた想い等が感じられ、団藤も妻も、〝謝罪の旅〟どころか、山岳への新鮮な期待をもっての〝喜びの心〟に変わっていた。

登山客は各々に、中の食堂で注文し、外に持って来て木陰の下等で気ままに食べていた。大抵、うどんを注文し、きゅうりをかじるかトマトを食べていた。

缶ビールを飲んでいる若者もいた。アルコールが入ってからの登山は相当きついであろう。いずれにしても若くないとできないなあ〜〜、などと考えていた。

腰を下ろしたら、心地好い疲れが出てきた。腹も減ってきた。二人は、うどんを注文し、用意してきた〝むすび〟とともに食べ、体力を回復した。

時計は、十一時五十分であった。何もかも、信じられない程、順調であった。

持参したポケットサイズの登山用地図には、登山道の登り、下りの平均的な所用時間が印刷してある。これを基に、予め計画を立て、家の出発を四時三十分としたのだった。余裕をもって早めに出発し、休憩時間を充分とるように計画していた。これが良かった。

わさび平小屋を出発した。地図を確認すれば、これから先、一時間程は〝左俣谷〟の沢の側道、左俣林道と表記されている、左右の山々の等高線の谷の部分であり、楽に鼻歌気分で歩いて行けると考えられる。

そうそう、登山地図を改めて見れば、団藤が駐車した場所は、〝蒲田川〟の河川敷であり、登山届を投函した後、最初に渡った橋もその蒲田川であった。

蒲田川には、いくつかの山々からの支流が集まってきている。まず、笠ヶ岳から流れる、面白い名の〝穴毛川〟という名の支流であり、その由来が看板に表記されている。

そして今、歩いている〝左俣谷〟。更に、右側の山脈を越え、〝槍ヶ岳〟の方向から〝右俣谷〟の各々の支流が、登山口付近にて合流しているのが〝蒲田川〟である。

そうして歩みを進め、いよいよ平坦な道と分かれ、等高線も細かくなり、本格的な登山道に入る。

蒲田川に注ぎ込む左俣谷の先の支流、秩父沢に出合う。その辺の登山道は、おおよそ、一つの平面が五〇～一〇〇平方センチ程の大きな石が、ごろごろしている景色に変容している。すなわち、秩父沢の水の流れが、山の上から下へと扇状に広がった所で、登山道と交叉しているのである。我々は、その大きな石の上を、一歩一歩〝跳び石〟の如く大股で歩いて行くのである。その石と石との間を、水量豊富な秩父沢が、山頂の方から流れている。

沢の上の方、すなわち、山頂の方へ目を遣れば、大量の水が扇状に幅を増し、こちらに向かって流れてくるのが壮大であり、急峻な山がもたらす圧倒的な水の力を感じる。下から見上げるから、なおさらである。

水の勢いで石がこちらに落ちてきはしないかと心配になる。上の方に見える石は、例えば、一面が野球のホームベースの何倍かの多面体の固まりである。さすがに、「落石注意」の看板が随所にあった。

その石、いや岩の平らな面を選びながら、ゆっくりと踏み締めながら歩く。

この登山道の最後の水場の看板もあり、その清流に、水筒を傾け水を確保しながら、水を口に含んだ。

冷たく、うまい！

汗も引っ込む、清々しい。心地好い風が、山から清流の上を渡って下りてくる。

団藤は、妻と共に岩に腰掛け、十分程の休憩をとった。わさび平小屋を出発してからは、〝立ち休み〟を一回、五分程とっただけであった。

「やっと、ここまで来たね。もう少しで、大川さんのところに着くね！」

と、確認するかのようにしっかりと妻がいった。

「そうだなあ〜〜。遂に、ここまで来たか。思えば、今まで永い道程だったなあ〜〜。こんな機会に恵まれることって、本当にあるんだなあ〜〜。天が、機が熟したと暗示してくれたのかもしれない」

しみじみと言いながら、団藤は地図を広げ、行程を確認した。

地図では、途中、〝シシウドが原〟まで急勾配で、一時間十分の道程、更にその先も勾配がきつい様子で同じく一時間十分、そして、〝鏡平山荘〟に着く。

ちなみに、この先からの登山道は、〝小池新道〟と地図に記してある。

あらかじめ、山岳関係の本にて知ったのであるが、この〝鏡平山荘〟を創設した、現在のオーナーである小池氏の〝父〟が切り拓いた登山道である、とのことである。

団藤は、つぶやいた。

「あと、約二時間三十分後か、二十年間の断絶が埋められるのは……いや、それが埋められれば良いが……」

いや、それは、その自信があるとかないとかという問題ではないのだ。その〝義務〟が〝有る〟ということなんだ。

妻は、

「大川修さんに会ったら、最初に何と言ったらいい？　不安ではない？」

と尋ねてきた。

「何と言うか、そんな〝こと〟は全く考えていない。不安？　不安なんかあろう筈がない。断絶の二十年間、というより、随分と冷たい態度で、〝鬼〟の如く追い返してしまった……と、思い出す度に、後悔の念でいっぱいだったのだ」

心の底から謝罪するのみ。言い訳は、一切いらない！　その様に、腹は座っている。この山道を、一歩一歩踏み締めながら、大川修君を信ずる心を固めて来た。若い時から互いに〝友〟として信頼してきた人間、その想いが全てを支えてくれる。信ずる心に、不安などあろう筈がない。

不安そうな妻に、団藤は応えた。

「今日、この日、約二十年振りに会えることを楽しみにしている。待ちに待ったこの時、〝大川修君に謝罪〟する時が、もうすぐ来ることに感謝している。逆に、会えることが、〝うれしい〟。今の心境は、無理に笑顔は作れないが、そんなに畏《かしこ》まることなく、自分の気持ちを伝えられる。不思議と、そうなんだ。そして、何より思うのは、約二十年振りの大川修君との再会の場所が、街や都会ではない、この〝北アルプス、槍ヶ岳登山の一つのルート西鎌尾根〟の中継点の双六小屋と同系の、〝槍ヶ岳を映す鏡池〟を擁す、カメラマンあこがれの、〝鏡平山荘〟とは、〝神が与えてくれた一つのトポス〟と思えてならない。これ以上の場所の設定はない、と考えざるを得ないことだよ」

……妻は、黙って聞いていた。頷いてもいた。

妻は、団藤と大川君との学生時代の交流については、〝話には聞いていた〟が、現実には知らない。

しかし、〝あの事件〟だけは、目の当たりにしていた。

団藤に向かって、妻は言った。

「それなら、いいね。安心した」

「さて、もうひと頑張りだ。出発！」

……団藤はリュックを背負い、妻のリュックを持ち上げ背負うのを手伝った。ストックも取ってやり、歩き始めた。

妻は、団藤の〝決意〟を確認し、安心した様子であった。

初夏の陽光は、標高二〇〇〇メートルを超えてくると光の質が違う。

登山道に覆い被さっている、それ程高くない緑の葉のトンネルの切れ間から、登り坂の登山客、団藤と妻の顔に、ちらちら目映《まばゆ》い光が入ってくる。

新緑の葉を下から逆光で見るのは美しい。その先は、澄み渡った青空である。

岩の階段、かつ急勾配で、やはり、ここまで登ってくると、汗が額からも首筋からも垂れてきた。登山用に用意し、首に軽く巻いてきたバンダナを取り、汗を拭き取った。

小池新道は、急峻であった。団藤は、時々、後を歩む妻の足を庇いながら先を行く。進路の先の岩が、腰程の高さもある所も何箇所もあり、手袋をした手でしっかり掴みながら、妻にも、同じ箇所をグリップするよう促しながら慎重に登る。

登山道の両側に、ところどころにあり、目を楽しませてくれる〝ななかまど〟の木は小さな白い花をいっぱいつけていた。それら白い小さな花が半球形にひとかたまりとなり、さらにその半球形の花の集まりが、いくつも揃って、一つの枝を成している。

我々は両脇から背丈より少し高い所で覆われた〝花のトンネル〟の中を登っていく。時には屈《かが》み、そして時には、その木々の合い間から上を仰ぎ見れば、初夏の高い、青い青い大空であった。

青空は澄みわたり、何故か平地で見るより北アルプスで見る空は、高く、高く、感じられた。渡る雲も、速い。

休憩をとった〝水飲場〟から、もう二時間弱経った。その間、二十分毎程に〝立ち休み〟の少休止を取ってきた。

もう、すぐだ。二、三十分程で〝鏡平山荘〟だ。水筒の水とは別に用意してきたスポーツドリンクのペットボトルも、ここで、二人ともに飲み干した。

「いよいよだねぇ〜〜」と妻が言った。

「さあ！　行くぞ！」と最後の休憩を終え、勾配を登り始めた。

勾配と緑のトンネルが終わり、あと五、六メートル程で山道が終わる寸前、前を塞ぐ岩が未だ胸の高さ程あるが、頭は出た。

その時、目先は、遠くまで開けた。

目の前の大きく開けた平坦な地平の中央に、しっかりとした深い赤色の屋根の大きな山荘が見えた。

正面から見ると、全体は横長で、中央は一層高く、両端はそれよりやや低いものの、そこも二階建てと思われる。

中央から両端の建物は、翼の如く思われた。それは、下から登りながら見上げた姿であった。玄関までは、道が整備されており、その両端の緑は、一面の高山植物の花々を一層引きたてていた。

　登り終えた。

　十数人の登山客が、前庭と玄関の向かって右手前方向にある〝鏡池〟のほとりを散策していた。初夏の大空は澄みわたり、爽やかな陽光であった。二度と味わうことはない程、良き日であった。

　それからの団藤の心の動きは、特になかった。平静であった。

　玄関は、建物の中央である。その引き戸は開けっぱなしで、開放されているのが見えた。そこには、登山客はいなかった。

　そよ風が頬をかすめた。爽やかであった。

　玄関をまず団藤が入り、すぐ妻が続いた。

　……意外と静かであった。

　山小屋の登山客が、慌しく出発するのは早朝、それも暗いうちであるから、〝そうなのであろう〟と思った。

　入ってすぐ右側に、割と厚い無垢の板でこしらえた、カウンター風の受付があった。床は、腰を下ろし、リュックを下ろすのに丁度良い高さに作ってあり、きれいな板張りであった。

「ごめんください！」

「こんにちは！」

団藤も妻も、しっかりと声を掛けた。

一時《いっとき》が経った。

受付の後方には、しっかりとした棚が設けてあり、登山客用の簡単な食品、飲料水、鏡平山荘名入りのＴシャツ、バンダナ等が置かれていた。その左隅に、〝のれん〟がかけられ、従業員の通用口となっていた。

そこから、現れたのは〝大川修〟君であった。

「おぉ〜〜！　団藤！　よく来てくれたなあ〜〜！」

団藤は、もう何も考える余地なぞなかった。大川修君の〝出迎えの言葉〟も終わらぬうちに、その胸の高さ程ある、厚いカウンターに、両手をそして指を揃えしっかり付き、頭を丁重にしっかり下げた。

妻は、後ろに畏《かしこ》まっている筈である。

「ご無沙汰して居ります。

その節は、大変失礼致しました」

と、しっかり、ゆっくり、言葉足らずであるが、団藤は心から詫びた。

言葉にしようと思ったが、そこまではいえず（世の中には、あえて〝言葉にしないこと〟を選択した方が良い場合がある）、〝心の中で〟はっきりと言った。

『許してくれ！』

……………

大川修君は、団藤の言葉も終わらぬうちに、

「おおい〜〜。みんな！　俺の友達が来てくれた！　奥さんと一緒に来てくれた！　みんな、来てくれ、歓待してくれ！」

と、スタッフ全員に聞こえるように、大きな声で呼び集めてくれた。

（団藤は、スタッフ全員が集まってくれたところで挨拶と自己紹介をした。と同時に〝あの金沢での四年生の時の下宿者全員でのエールにての歓待〟を受けた時を思い出し涙ぐんだ）

大川君の案内で、受付の所を少し入った曲がり角に、従業員専用の談話室があり、そこに通された。他の客からは見えない部屋である。

二人は、リュックを隅の壁際に置いた。部屋は、八畳程ある板の間で、壁は横に奇麗な杉の板張りである。

真ん中には、手造りの厚い無垢の木造りの長方形の立派なテーブルがある。一方の壁際には長イスが、他は各々普通のイスが備えられていた。

団藤と妻は〝ひと安心〟して、イスに腰を下ろした。気遣ってくれているんだなあ〜〜と感謝した。

実は、宿泊予約ノートに「ダンドウ　マコト」と記入されていたが、同姓同名は良くあることで、〝もしかして〟の期待は半分くらいはあったとのことであった。

大川君は、一旦席を外して、お盆に生ビールのジョッキを四個用意して入って来た。

「まあ、大変だったね。お疲れさん！　良くここまで来てくれたね！」

と、〝昔ながらの優しい声〟を懐かしく思った。

「とりあえず、乾盃といこう」

と、大川君は我々を歓待してくれた。

〝何事もなかったように〟団藤も、妻も、まさか、ここの北アルプスの山荘で、生ビールで歓待してくれるとは、想像することなどできなかった。

……〝うまかった〟。今までになく、うまかった。

そこに、若い青年が入って来た。

「こんにちは！　小池と言います」

「話は、今、大川兄貴から聞きました」

と挨拶された。我々も立って挨拶を受けた。

大川君の仲介にて、団藤夫婦も挨拶を交した。

「実は、こちらの〝小池さん〟は、ここのオーナーのご子息で、お祖父さんが、この山荘を創ったんだ。そして、団藤君達が登ってきた登山道は、〝小池新道〟と地図に記《しる》してある通り、この登山道も、彼の祖父が切り拓いたんだ」

大川君が、そう紹介してくれた。

団藤は、小池氏が大川修君のことを〝兄貴〟と呼んでいることに触れ、

「山荘のスタッフの方々は皆、兄弟姉妹だね、仲良くていいねえ！」と言った。


大川君は、団藤のグラスと自分のグラスが〝空〟になったことに気付き、二杯目を持ってきてくれた。

団藤は、〝事件〟に関し、二十年もの時を無為に過ごしてしまったが、今ここで、その時を跳び越え、一挙に〝学生時代の大川修と団藤理の仲〟に戻った……このことを心より感じざるを得なかった。感謝。

と同時に、互いに、青年期に立ちはだかる道標の先にある〝大きな壁〟を乗り越え、人生

の半ばにさしかかったことも感じていた。

そこには、互いに各々の人生の居場所、〝トポス〟とでもいうべき場を見つけつつあることを感じ、一つの安堵感さえあった。

二杯目の生ビールに口を付けると、大川君は顔を引き締めて言った。

「実は……こちらの小池君が僕を〝兄貴〟と呼んでくれるのは、またスタッフのみんなも、そうなんだが、〝深い訳〟があるんだ。あまり積極的に話すのは、はばかれることなんだ」

話し始めた内容は、以下の如くであった。


北アルプスの山小屋は、一応どこでも、多少のずれはあるものの、ゴールデンウィーク明けの五月の半ば頃を目処に、スタッフは〝山開《やまびら》き〟の準備に入る。

積雪が数メートルもある山小屋までヘリで入り、雪かき、小屋の外壁、中の柱の確認他、様々な準備で多忙な日々を過ごし、〝山開き〟に備えるとのことである。

この〝鏡平山荘〟も数年前の五月半ばのこと、十名程のスタッフでこの山小屋に入り、準備作業を行っていた。

当時のスタッフには、中心となり計画を立て、作業等のリーダー格でみんなの世話役をしていた責任者の四十歳過ぎ程のA氏がいた。スタッフのみんなは、厳しい山岳の環境下で、仲良く、互いに信頼し合い、固い絆で結ばれていた。

そして、〝A氏〟は、スタッフ全員から、親しみを込め、〝兄貴〟と呼ばれていた。勇気と責任感の強い人であった。

鏡平山荘の建物の確認の大まかな部分は終わり、屋根の雪かき等に入る予定の日の朝、すなわち、山荘に到着後、三日目の朝、その日は、朝から、良く晴れわたっていた。

責任者である〝兄貴〟は、

「今日は、天気も良いから、これから〝双六小屋〟まで〝確認〟に行ってくる」

「山荘の作業は、段取り通り頼むよ」

と言って朝七時頃、単独で出掛けた。

今になって思えば、誰かもう一人同行スタッフを付ければ良かったと、皆が後悔していた。

双六小屋は、双六岳の麓に位置し、同じ経営の山小屋である。

ハイシーズンであれば、高山植物が咲き乱れ、途中カメラスポット等もあり、登山客で賑わい、往路二時間強、復路一時間三十分程の行程である。槍ヶ岳への西鎌尾根ルートの中継点の山小屋である。

そこへのルートは、北アルプスの山々を眺望でき、足元には奇麗な高山植物が迎えてくれる心地好い道程である。

しかし、この時期は雪道をかき分けて進まねばならず、往路だけでも二、三倍以上の五、六時間程は費すであろう行程である。

その日、朝は天候に恵まれていた。しかし、午後には急変し、吹雪となってしまった。鏡平山荘に残ったスタッフは皆心配し、眠れない夜を過ごした。〃兄貴〃を一人で双六小屋に遣ったことを、皆、悔んだ。

そして、夜が明け、空が明るくなるのを待ち、天候を確認し、「大川君」「小池氏」を含むスタッフ三名にて、雪道の行程を辿りながら〃兄貴〃の捜索に向かった。空は晴れ渡り、太陽は目映い程、雪の表面を照らしていた。

汚《けが》れのない、何の痕跡もない、広々とした一面の雪であった。山の全てが覆い尽くされ、わずかに見える緩急に、昨晩の吹雪の痕跡の風紋だけが残っていた。一時間程、雪道を歩いた所であった。弓折岳への分岐付近、シーズン中であれば何のことはない、復路で、鏡平山荘まで三十分程の所まで来ていたのであった。

――登山道から少し外れた、五、六メートル程の所に、〃兄貴〃の身に付けていた〃赤色〃の登山用ウェアーが、新雪の間から覗いて見えた。あたり一面は、全て白、雪である。空しく、空は紺碧である。

三人は、近づいて〃兄貴〃を確認した。悲しむ時も惜しみ、すぐ鏡平山荘に残ったスタッフに連絡、緊急ヘリの出動と医師の要請を行った。

医師は、シーズン中、この山荘に常駐して診療にあたっている○○医師であった。医師は、〝兄貴〟の死亡を確認した。

スタッフ全員は、〝兄貴〟が、この山を知り尽くしておられ、鏡平山荘と双六小屋との間の登山道は、ほぼ平坦であり、何十回も往復した経験を持ち、目を閉じても大丈夫な程であることも承知していた。

北アルプス全体の登山経験も豊富であり、指導的立場の、当然、天気予報も確認し行動計画を立てる筈の彼が、何故、双六小屋にて待機することを選択しなかったのか悔まれた。

更に、遭難していた場所は、もう少しで〝鏡平山荘〟に着く、ほんの少し手前の場所であった。

そこまで辿り着いていたのだ。悔まれた。

小池氏が、兄と慕っていた、また、スタッフ一同も全幅の信頼をおいていた〝大黒柱〟を失った。

その後、しばらくの時を経て、誰とはなしに、皆が、大川修君を〝兄貴〟と呼ぶようになった。

……とのことであった。

しばらくの間、団藤は、言葉を失った。そして、団藤の脳裏に、以下の〝思い〟と〝考え方〟が思考された。

この世の中、正義感溢れ、率先して行動し、これから先もずっと皆から期待される実直な青年、このような人物が、どうして、いや、如何なる理由にて、この世から抹殺されてしまうのであろうか？

皆から〝必要とされ、頼りにされている人物〟である。〝無二〟の人である。私は、この事故に於いて、いくつかの条件のうち、一つでも欠けていれば（すなわち、当日の単独行動を中止する条件が一つでもあったならば）、事故に遭遇せずに済んだのではないかと考える。

その後、発生した〝木曽御岳山の噴火事故〟も然り。条件は、季節も良し、晴天である。かつ、登山の一つの鉄則〝正午までに山頂に着け〟、〝それを待ち構えたが如く〟正午の噴火である。

条件を揃えて、待ち構えていたように噴火し善良な登山客の命を消し去ったのである。

それだけではない。〝信仰の山〟なのである。これらの条件の全てを〝味方〟につけて、何故に天は良き人達を排除、いや抹殺するのか？

即ち、例えば、厳冬の雪山の季節、或いは大雨の天候、台風でも近づいている……これらの条件の下に〝大噴火〟が発生したと仮定すれば、犠牲者は皆無であったであろうと想像できる。

いったい、どこに、〝神〟は、存在するのか。いや、かつて学生時に論争を交した友、夏目俊通君の〝サルトル〟を用いて説いた如く、「実存は、本質に先立つ。人間の本性は存在しない。その本性を考える神が存在しないからである」なのか？

サルトル全集第十三巻（人文書院）「実存主義とは何か」の17ページによれば、「実存主義の考える人間が定義不可能であるのは、人間は最初は何ものでもないからである。人間は、あとになってはじめて人間になるのであり、人間は、みずからつくったところのものになるのである。このように、人間の本性は存在しない。その本性を考える神が存在しないからである。

人間は、みずからそう考えるところのものであるのみならず、みずから望むところのものであり、実存してのちに、みずから考えるところのもの、実存への飛躍ののちに、みずから望むところのもの、であるにすぎない。人間は、みずからつくるところのもの以外の何ものでもない」（本文、訳文のまま）

以上が、実存主義の第一原理なのである。それも、或る意味、〝納得〟し得る〝一面〟を持っている理論である。それは、それで良い。

しかし、人間は、別な側面から捉えれば、〝孤独〟である。然らば、孤独な自分自身のみで、先の見えない明日《あした》を切り拓いていくには、あまりに〝弱い〟。そこに、背中を押し、支えとなってくれる、〝何ものかが欲しい〟のである。

その〝何ものか〟は、何と呼べば良いのか。

人間自らとその存在する対象となる現世界を客観的に概念として捉え、思考、学究の対象として捉えれば、「哲学」ということになる。〝理論〟の領域である。

そして、その「哲学」の反対側、すなわち〝対極〟してあるのは、〝信ずる対象〟、すなわち〝神〟或いは〝創造主〟である。

……以上の如き、思考が、団藤の心の中を巡った。

こうして、二十年余りの永い時を経て、大川修君に再会し、〝謝罪〟することができ、彼もまた快く受け入れてくれた。この事件は、何を隠そう、唯一、団藤自らの〝言動〟に起因した。

その救いは、北アルプス鏡平山荘での大川修君の〝受容〟という形を用意してくれたことであった。言葉に因る受け入れ、ではない。いや、それ以上に、彼の対応の全て、全く別待遇の対応にて団藤に示してくれた。

北アルプスの山々、そして登山を志す者のあこがれの〝槍ヶ岳登山ルートの一つ、西鎌尾根〟の中継点に、〝トポス〟を求め、居住し、仕事をしている。

登山客を癒し、持て成す。これが、彼の生来の〝優しさからくる対応〟であった。学生時代から変わることのない、彼の〝人となり〟であった。

団藤は、改めて、一度きりの人生において〝大川修〟という〝友〟と巡り会うことができたことに、〝深く感謝〟した。

このことは、天に因る、いや〝神〟に因る巡り合わせであると考えざるを得なかった団藤である。

しかし、断っておくが、未だ、団藤は特定の宗教の信者には至っていない（信ずるものは救われる……ではない）。迷える羊である。

ある意味、〝サルトルの実存主義〟と〝犬養道子の旧・及び新約聖書物語〟の〝狭間〟に生きて、どちらの〝道〟も（道標も）選択できずにいるのである。

〝岐路にある道標で止まり〟、悩んでいるのである。

……そんなことに考えを巡らせているうちに、我に返った。

大川君は、団藤に明日の予定を尋ねた。団藤は、今日こちらに一泊お世話になり、明日は

〝双六小屋〟に一泊して、翌々日、下山する予定である旨を伝えた。

団藤の山での予定を確認した大川君は、

「それなら、ここに二泊していけよ！　せっかくだから。それに、双六小屋は同じ経営だから、俺がすぐに連絡しておくから……」

そう言って、すぐに携帯で先方に連絡してくれた。

「俺の昔からの友達が来たんだ。こちらに二泊するから、明日のそちらへの泊まりはキャンセルしてくれ。名は、〝団藤理君〟。二人だ。頼んだよ」

大川君は、昔から優しい穏やかな人柄であったが、〝段取りの速さ〟とてきぱきとした対応は新しく見る姿であった。

やはり、この〝山荘グループ〟の中での若いスタッフから〝兄貴〟と呼ばれ慕われていることだけのことはある。

「団藤、明日は、こちらで昼食《ひるめし》の弁当を用意するから、朝早く出て、日帰りで双六小屋に行って、〝双六岳か樅沢岳《もみさわ》〟のどちらかに登ってくるといいよ！　槍ヶ岳への眺望が素晴らしいよ！　途中、弓折岳の分岐で右へ行けば、双六方向だよ。その付近一体は、花がいっぱいで、今は、〝コバイケイソウ〟などが咲いていて楽しみながら歩けると思うよ。登山道も、ほぼ全体が割と平坦なんだ。花の写真を撮るのを目指してくるカメラマン、といってもウーマン、女性の方が多いけど、いっぱい行き合う筈だよ」

などと案内してくれた。

迷っている暇などない。団藤と妻は、快く、「そうしよう！」と決めた。

「ところで団藤、俺がこの〝鏡平〟にいることがよく判ったね？」

と大川君が聞いてきた。ごく自然な質問であった。

団藤と妻は、ゆっくりと話し始めた。大川君の隣には小池氏も座っている。黙って聞いておられる。

二人は、数ヶ月前に、ＮＨＫの山の特集番組で、大川君の姿を見かけたこと、それも、どう見ても登山客ではなく、山小屋のスタッフの姿であったこと等を話した。

その後、何も行動を起こさぬまま月日が経ってしまった。しばらくの後、隣組の川端大工さんが団藤の家の修理に来ていて、〝山の話題〟となり、彼から〝運良く〟この〝鏡平山荘〟を教えてもらったこと等を話した。

「『ＮＨＫの山の特集番組』と『川端大工さんの情報』がなければ、大川修君の居場所、すなわち、〝ここ〟を尋ねる術はなく、そのため、一生会う機会を逸していたと考えるよ」

と、団藤は安堵を伴って、低い声でゆっくりとつぶやくように言った。

団藤は、この間、大川君はじめスタッフのみんなに歓待され、その心地好さに浸っていた。気が付けば、生ビールは既にジョッキ二杯、空けていた。

大川君と小池氏は席を離れ、しばらくの時が経った。

団藤と妻は、夕食に促され食堂に向かった。大勢の宿泊客で賑わっていた。こんなにもの大勢の登山客がシーズン中は泊まるのかと、その人気に驚いた。

大広間の板の間に長机がいくつも並べてあり、各々に座布団が敷いてあった。我々二人のテーブルは、予めそこだけ空けて準備されていた。

大川君が、夕食を運んで来てくれた。大変なご馳走であった。

そのご馳走のテーブルを前に、団藤は、自制していたにもかかわらず、思いの外ビールが効き過ぎてしまった。思いもよらず、そこに横になってしまった。

妻は、

「しょうがないね。飲み過ぎたんだよ。気分も良かったんだね、いろいろなこと、安心したんだね」

などと、傍らで言っていた。

「ここは、標高二五〇〇メートル程ある山荘だから、下界よりビールが効いてしまうんだ」

と大川君が言った。

それから、

「受付の裏に、ちょっとした部屋があるからそこで酔いが覚めるまで、横になって休んでいるといい」と、団藤をその部屋に案内してくれた。

団藤は、半分心地好く眠りながら、不覚にも、こんなにアルコールに弱い筈ではなかったのにと思いながら、しばらく横になっていた。

気が付くと妻が食事を終えて傍らに来ていてくれた。

一時間程が経った頃と思われた。大川君が、お盆に何やら運んで来てくれた。〝大盛りの煮込みうどん〟であった。肉が沢山入っていて、その上には緑色が鮮やかな〝おくら〟が添えられていた。

山の夜は、夏でも寒い。まして、酔い覚めした体は、少し冷えていた。温かい湯気が立っているうどんは、随分と気の利いた、団藤に対しての特別メニューであった。〝大川兄貴〟が、心を込めて自ら料理してくれたものであった。

山小屋の登山客は、既に夕食を済ませ休んでいる時間である。時刻は八時を少し過ぎていた。山小屋の夕食は早いのだ。

団藤は横になっていたこともあり、酔いはすっかり覚め、大川君がこしらえてくれた〝煮込みうどん〟を、すっかり平らげた。旨かった。体の芯から温まるのを感じた。団藤は大川君の〝もてなし〟に心を打たれた。

しばらくして、宿泊の部屋を案内してくれた。

「今晩は、この大部屋の隅での雑魚寝で勘弁してくれ。明日の晩は考えておくから」

部屋は、〝鏡池越しに槍ヶ岳〟を眺めることができる〝カメラマン専用〟の中二階の大きな部屋を通り、その隅にある手作りのしっかりとした木製の階段を更に登った所にある大部屋であった。

各々、いくつもの寝床用の布団が用意されていた。既に床に就き休んでおられる登山客も見られた。明日の朝早いのであろうと察しがついた。

荷物は、カーテンで仕切られた場所に皆と同じように置いた。用意して頂いた床に入った。心地好い、疲労感に浸った。二十年にも及ぶ間、味わうことのなかった安堵で満たされた。

二人は、熟睡した。


窓ガラスの白いカーテン越しに、薄暗い中にも夜明け前の少し明るさが感じられる頃、目覚めた。うとうとしていた。

うとうとしながら、団藤は思った。この〝旅〟が、自分が期待していた以上に〝こと〟が進み、〝恵まれ〟ていた。

というより〝神憑《かみがか》り的〟であったことに深く感謝していた。

大川君も、若い小池氏にとっても、辛く、深い悲しい仲間の遭難事故についても、団藤は知らされた。山、山岳は、素晴らしい情景と仲間を恵んでくれる。しかし、油断すると、僅かな隙も許すことなく、厳しさをもって立ち向かってくる。

日々精進せねばならぬと悟った。それが、人生であるのかもしれない、と考えた。

時計を確認すると、四時を少し過ぎたところであった。夜が明け、空が明るんできたことが部屋の中でも判った。

山の朝は、この初夏の時期でも、幾分寒さを感じる。凛として、何か、〝正しい朝〟とでも名付けたくなるような〝朝〟であった。

そうだ。今日は、朝早く立ち、〝日帰りで双六小屋〟迄行くのだった！　と、団藤は起き上がった。

隣の布団を見れば、三ツ折りにされて、その上に枕が置かれ、妻はもう既にいない。

洗面所にでも行っているのであろうと思い、そちらに向かった。冷たい水で顔を洗った。爽やかであった。

団藤と妻は、玄関の横にある大広間の食堂の方へ向かった。既に、スタッフの方々は朝食の準備で多忙であった。

するとと、奥の調理場から我々の姿を見かけた大川君が、何やら手に持って来て、「お早よう！」と声を掛けながら、「これ、弁当！　うめ干しのにぎり飯と、たくあんだ。〝たらこ〟も少し入れといたよ。朝食用と昼食用と用意したよ」と渡してくれた。にぎり飯は、〝温かさ〟が手に伝わってきた。同時に心の〝ぬくもり〟も感じた。未だ、五時前である。

「山は、昼迄には、山頂あるいは目的地に着く計画を立てることが鉄則だ。だから、少しでも早く出発した方がいいよ！」と助言してくれた。

更に、向こうからの帰りの出発は、遅くとも〝昼頃を目処に〟した方が良いと付け加えてくれた。


少し経って団藤と妻は、準備完了し、玄関の所までリュックを背負ってやって来た。大川君が待っていて、

「これを持って行きな！」と、受付カウンターの後方に並んでいる棚から、登山用携行食の〝ソイジョイ〟をたくさん取り、更にスポーツドリンクのペットボトルを二人分持たせてくれた。

二人は恐縮しながらも、ありがたく受け取り出発した。五時を少し過ぎていた。

団藤のリュックは45リットルの重い方であったが重さなど感じなかった。

朝の空気は清々しく、いっぱい吸い込んだ。

二人は、一歩一歩、ゆっくりと歩き出した。目の前の、遠方の山脈の端《は》は、日の出を僅かに過ぎた陽光を向こう側から受け、濃紺の山脈を見せてくれた。

同じ〝山の端《は》〟すなわち、シルエットであっても、夕暮れ時より朝が好きだ。

その山脈の中央に、〝槍ヶ岳〟が鮮やかな陽光を向こう側から受け、やはり濃紺の〝槍ヶ岳〟が映し出されていた。

良く整備された双六までの登山道である。なだらかで、平坦である。もう既に、道程にチングルマの白い花がいっぱい迎えてくれているのに二人は気が付いた。朝露を浴びていた。

小さな水滴がいくつも花弁にこぼれそうに乗っていた。

水滴は、小さく円《まる》い球で、周囲の景色を写していた。

凛として、咲いていた。たくさん咲いていた。一面に咲いていた。

こんなにも素晴らしい、爽やかな〝舞台〟を用意してくれたんだ。

二人は、今迄に味わったことのない、現実ではあるが〝心の風景〟とでもいうべきものを感じていた。この風景は、いつまでも記憶の底に残るであろうと思った。

それは、客観的には、山の朝に準備された風景であろう。

が、それ以上に、大川修君との再会にて過ごした昨日からの〝一日〟の時間が、この断絶の二十年程の空白を埋めてくれ、新たに、青年期後の人生を生き、〝共に歩む友〟であることを、言葉にせずとも判り合うことに導いてくれた。このことに感謝し、心の安堵から来ている気持ちが、そうさせているのであろうことを知り得た。

……そんなことを考え、感じながら歩いて行った。

一時間程経った。そこは、〝弓折岳〟から〝笠ヶ岳〟へと向かうルートと、二人が目指す〝双六小屋（双六岳）〟へと向かう道との分岐点であった。〝道標〟も、はっきりと確認できた。

大川修君、小池氏、他のスタッフ全員の友、〝兄貴〟を失った〝地〟は、ここであったのだ。二人は、その見通しの良い遠景の山々に囲まれた〝道標〟の所に直立し、しっかりと手を合わせた。

それから先も尾根伝いで平坦な道が続いた。尾根である故、三百六十度の展望である。遠方まで見渡せる。人間の小ささを感じる。さながら蟻のようである。

若干の登り坂の起伏が終わると下り坂である。登山道の周りは、果てしなく花の草原が続いている。

道が下り始めて少し経った瞬間、先の方に〝赤い屋根〟が確認できた。

目指す双六小屋だ！

足元の周りには、腰の高さ程ある背丈の〝コバイケイソウ〟が白い小さな花を、精一杯咲かせている。その花を前景にアップさせ、彼方の双六小屋の赤い屋根を写真に収めた。

前方の小屋へと続く道に、同じ方向を目指す登山客の何人かのかたまりの姿が見える。目の前に目的地が見えてくると、足取りも軽くなる。

間もなく、双六小屋に着いた。時計は、おおよそ八時を指していた。

ゆっくり、北アルプスの山々の眺望を味わいながらの山行は、この上ない喜びであった。

一定の標高からの眺望は、北アルプスの各々の気高い山容の異なる姿を見せてくれる。しかし、その姿を見るのには、それなりの、汗水を伴う山行が代償として必要である。

例のポケット判の地図を確認すれば、約二時間強の道程を、三時間程かけて歩いてきたことになる。

景色のせいもあったのか、ほとんど疲れを感じることはなかった。

小屋は、この時間は、ほとんどの登山客は既に出発しており、静かな佇いであった。

二人は、小屋の前に整然と並べて設置してある木製の手作りのテーブルとイスのセットの一つに、リュックを置いた。

そして、目の前に聳える、その雄大な、圧倒するが如くの山容に心を奪われていた。二人は、谷が見える位置まで数十メートル歩いて行き、見下ろした。

ここから見ると、一端深い深い谷に下って、その谷底から、この双六山荘の遥か上の方まで大きく、偉大に聳えている〝鷲羽岳〟二九二四メートルである。

「でっかい山だなあ〜〜。何となく圧倒され、恐しく感じるなあ〜〜」

改めて谷底を眺めた。これも怖い。危険防止のため、その先へ行けない様に大きな石が数列積まれていた。

二人は、しばらく眺めていた。鷲羽岳に向かって、二人が立っている場所の左側には、双六岳二八六〇メートルがあり、右側に樅沢岳二七五五メートルがある。

それから、樅沢岳から見る〝槍ヶ岳〟は素晴らしいと聞いていたので、ゆっくりと登った。小一時間程で登った。このまま〝槍ヶ岳〟へ行きたい程の気持ちが高まる。

未だ、陽光は向こう側である。槍ヶ岳は、シルエットである。その名の通り、聳えて、天を突くようである。こちらからの登山が〝西鎌尾根ルート〟である。

いつか、このルートで登ろう、と心に誓い腰を下ろし、大川君が持たせてくれた携行食等を食べた。登山にもってこいの栄養食だ。うまかった。

山を下り、山小屋の前のテーブルで休むことにした。そこで昼食にした。

用意してくれた〝むすび〟は、とてもうまかった。〝むすび〟には梅干しが入っていた。〝たらこ〟もあった。大川君の心遣いが伝わってきた。

未明に起きて友が結んでくれた〝むすび〟を食べながら、目が潤んできたのを知った。米の飯は、特に山岳では〝力〟が湧く。

昼食を終え、隣に見える双六岳も、せっかくここまで来たのだから登ろうということになり登り始めた。

三十分程登ったところで、二人は少し疲れたのと、頂上まで登っても樅沢岳の眺望とあまり変わらないであろうということもあり、途中で引き返すこととした。おおよそ十二時であった。

帰路となる道の左側後方を振り返って見ると、〝槍〟に雲がかかっていた。前方やや右の先には〝笠ヶ岳〟が見える。ここも〝ガスっている〟様子が窺えた。

この様子から、夕方には雨に見舞われそうな気配になってきた。リュックには、雨具一式は準備してあるが、少し急いで下《お》りようと判断した。大川君の助言通り、十二時には帰路の出発が必要であった。少し過ぎてはいたが、概ね予定通りであった。

歩を早めたので少し疲れたが、往路で休んだ〝弓折岳分岐〟まで一時間強で順調に歩いてこられた。小休止をとった。再度地図を確認すれば、このまま行けば三十分程で鏡平山荘に着く筈である。

立ち休みで水分補給し、持ってきた若干の携行食を口にし、五分程で出発した。

空は、雲がたれ込めて来た。怪しくなってきた。正に、山の天気は急変する。雲の動きは速い。

二人は、けっこうな急ぎ足で歩いた。行く先はかなり霞んできた。周り一面がガスっていて見づらい中に、〝鏡池〟をぼ～っと確認することができた。

すぐに、大粒の雨が降り出して来た。

間もなく、鏡池から山荘入口まで続く〝木道〟に着いた。もう少しであり、雨具を着る間も惜しく、木道の上を小走りに、山小屋の玄関を目掛け駆け込んだ。

良かった。少し濡れたが、山小屋に着いた。無事に着いたことを大川君に報告、また美味しくいただいた昼食等の御礼を言った。

昨日、到着後すぐに案内された〝特別室〟に通され、そこでリュックを下ろし、〝さて少し休もう〟と腰掛けた……と間もなく、玄関の方で、

「先生！　先生！」

「随分濡れて、大変でしたねえ～～」

と、男女何人かのスタッフが親しく声を掛けているのが聞こえてきた。二人は立ち上がり、玄関の方へ目を遣ると、雨は大粒で激しく降っている。

大川君も小池氏も対応しておられる。

「先生」は濡れたカバーを取り外すと、大きなリュックを玄関に置いて、外を向いて床にどっしりと腰を下ろし、これまた、けっこう濡れてしまったウェアーを脱いで、これを女性スタッフが受け取っていた。スタッフは、別室の方へ濡れたカバーとウェアー一式を持って行った。乾燥室でもあるのかしら、と思った。

「先生」と呼ばれる方は、けっこうな体格で頑丈そうな体付きである。

……「先生」とは、一体誰なのかしら？　と思う。

すると間もなく、大川君と小池氏が、団藤と妻がリュックを置いた〝特別室〟に「先生」を案内してこられた。

「先生」は、イスに腰掛けると、濡れた雨粒なのか、汗なのか分からない程の〝汗〟を拭き、到着した安堵感に少し顔がゆるんでいた。恐らく、重いリュックを背負い、降り出した雨の中を山荘に駆け込んで来たのであろう。

「先生」が落ち着かれるのを待ち、大川君が団藤夫婦と「先生」を共に紹介してくれた。こちらも簡単に、大川修君とは高校の同級生同士であり、それ以来の友である旨等、話した。

「先生」は、富山県の〝某国立大学病院〟の医師であることを話された。水分を摂られ、しばらく大川君と小池氏と、昨シーズン以来の再会を喜んでおられた。互いの近況等、話も盛り上がって来た。団藤と妻は、傍らで、興味をもって話を聞いていた。

しばらくして、大川君が次の様な話をしてくれた。それは「先生」のことであった。

先生は、大学病院の医師であり、様々な縁あって当山荘の〝夏山診療所〟の常駐医師として、長年診療の任に当たっておられること、また、〝山岳写真〟が趣味であり、それもプロ級の腕前である旨を語ってくれた。従って、今回も、雨の中をリュックに入れてこられたカメラ一式は、〝写真館で記念写真を撮るカメラ〟と同じものであり、フィルムの一枚一枚が板状で、両手で横にスライドして出し入れする大きなものである。

間もなく、大川君と小池氏が席を外し、食堂の調理室の方から生ビールを持ってきてくれた。

テーブルの上に置かれた。都合、五人揃っての歓談となった。

団藤は、妻の注意も受け、昨晩の〝失敗〟は繰り返すまいと、ジョッキのビールは、とてもゆっくりと味わっていた。

山荘での談笑は、心地好いものであった。時の経つのを忘れ、さながら悠久の時に包まれているようである。

「先生」は、様々な話をしてくれた。話を聞きながら、やはり、ここは〝山岳カメラマン〟の〝居場所（トポス）〟なのだ、と団藤は理解を深めた。〝山〟が好きになる、〝山〟に何かしらの興味を持ち更に深く入る、探究する。このことは、団藤も良く理解できた。


山は、何万年、何億年の歳月の中に佇んでいる。

人間の理知、想像のはるか彼方にある。

人知を遥かに超えるものである。近づけるものではない。

しかし、そこに、〝生きていく上での何ものか〟を求めたい、〝自分なりの何かを掴み取りたいとする、行動せざるを得ない心〟をかきたてる。その様な衝動にかられた人達が集まってくる。

従って、〝山〟又は〝山岳〟は、〝詩〟〝歌〟、その他様々な対象となる。

すなわち、山を見て、
・詩・歌を詠み、奏でる人
・絵を描く人
・写真を撮る人
・山登りをする人

・山小屋に居所を求め、登山客の世話をし支援する人、更に登山道の整備をする人

それぞれの想いは、人生を賭けて、〝登山口〟は異なっても目標とする道標を見つけ、〝行程の先に在る頂上〟は〝遥か彼方が見渡せる場所、すなわち、その人にとっての永遠のトポス〟であるのかもしれない。

これらのことを考える時、「山、あるいは山岳」は、あらゆる人を深く受け入れてくれる寛容の場所なのかもしれない。

従って、霊山として信仰の対象となるのも不思議ではない感がする。

その事に、今夜団藤が気付く以前に、既に青年期に、大川君は、迷いの中から道標を探し求め、辿り着いていたんだ、と思った。

「先生」は、午後この山荘に到着したばかりであり、ゆっくり話をしておられた。

しばらくして、団藤は質問した。

「失礼ですが、〝先生〟は、どちらのご出身ですか？」

ゆっくりと答えられた。

「私は、九州・長崎の出身です。兄弟三人、皆医師です。長兄が家を継いでいます。代々医者です」

と話された。

それを聞いて団藤は、先生が話し終えるのを待って、

「それでは、ひょっとすると、歴史の教科書にある〝シーボルトが日本に初めて医学をもたらした〟とする、その時、医学の道の教えを受けた方が、先生の曾祖父とか祖父の方ですか？」

と質問した。

先生は、

「そうです。私の曾祖父が、シーボルトから教えを受けた医師の一人です。祖父からの話ですが、記憶が正しければ、五名程の医師が曾祖父と一緒に教えを受けたと聞いています」

団藤は、びっくりした。こんな方が、目の前におられるんだと。

その晩は、大川君の計らいで、「先生」と団藤と妻の三人での個室を用意してくれた。「先生」とは山の話等をしながら、早めに床に就いた。

部屋は電灯を消し暗くなっていた。暗い床の中で先生は、小学生になった頃の長女の話をされた。長女にも、幼い頃から山の魅力を味わわせんとばかりに、ある登山を計画されたそうである。

計画した日程の初日は、生憎《あいにく》、雨模様であった。しかし、先生の仕事の日程上、この休暇

を逃したら来年夏まで登山は難しいと考え、雨も小雨であり、大丈夫と判断、娘を連れて登山を開始したそうである。しかし、昼頃になり、雨足も強くなり風も吹いて来たため、止むなく引き返したそうである。この登山の思い出が、長女を「山は大嫌い」とさせてしまったとのこと。

以上のような内容の話をされた。そして、

「団藤さんも、〝お孫さん〟を初めて山へ連れ立って行かれる場合は、必ず〝好天の日〟を選んで登山を楽しむことが大切だよ。決して〝雨天決行〟はやってはいけない。私は、大変〝そのこと〟を反省したが、遅きに失した。もう取り返しがつかない。残念だけど仕方がない」

などと助言頂いた。

団藤と妻は、ありがたく聞きながら、電灯を消した部屋で、「貴重なお話、ありがとうございます」と応えた。

しばらくして、互いに「お休みなさい」と挨拶し、眠りに就いた。

翌朝、〝雨だれの音〟で目が覚めた。「先生」は既に部屋にはいなかった。

妻と二人で洗面所に行った。一般的に、山小屋の洗面所は小学校の手洗い場のように横長になっていて、水道の蛇口が五、六箇あり、一度に五、六人程が対応できるようになっている。その洗面所の台の窓ガラス越しに、雨が確認できた。〝どしゃ降り〟であった。洗面所の奥の部屋が、〝乾燥室〟となっていた。そこに「先生」はおられた。昨日の濡れたウェアーが乾いているか、確認している様子であった。

互いに、「おはようございます」と挨拶を交わした。

それから、朝食の部屋に行った。登山客は、慌しく朝食をとっていた。スタッフ全員、多忙であり、てきぱきと対応していた。スタッフはほとんどが若者であり、溌剌としていた。皆が食事をしている間に、雨も小降りになってきた。登山客は皆、天気が心配で窓越しに外を眺めていた。

大川君が、雨も降っていることだし、急ぐ旅でもないんだから、我々スタッフと一緒にゆっくり食事をして行くのがよい、と助言してくれた。

登山客の対応で、慌しく働いておられたスタッフの方々も、やがて登山客のほとんどを見送り、出発したのを見計らって、大広間の一角にスタッフの方々の朝食を準備していた。

大川君が来て、スタッフの方々と同じテーブルに、団藤と妻の二人の席を用意してくれた。山小屋の食事も、ちょっとしたレストランと変わりない程の豪華なものである。

外の雨音を聞きながら、窓越しに、雨に煙る山々を眺めた。遠方は霞んでいた。

鏡池は、周囲の木立との風景に馴染んで、幻想的であった。

充分に、朝からご馳走になった。テーブルの隣に目を遣ると、奇麗な板で作られた、音響装置一式が置かれていた。大川君が、これも俺が作ったんだ、といって音楽を流してくれた。ヴィヴァルディの〝四季〟より「春」であった。

一時《いっとき》雨を忘れて音楽を聴いていた二人に、大川君がコーヒーを入れてテーブルまで運んでくれた。

改めて、スタッフの方々を見れば、皆若い男女で、十名程であった。改めて、なる程大川君は〝兄貴〟だなあ〜〜、と思った。

コーヒーを飲み終えた団藤と妻は、スタッフ全員にお世話を頂いた旨の御礼を述べた。「先生」は診療所の整理をするとのことで既に準備に入っておられるとのことであった。

団藤は、時計が八時になっていることを確認した。天候は、これ以上待機しても回復しない様子であり、出発の準備をした。

準備を整え、玄関に行った。大川修君が、見送りのため、玄関で待っていてくれた。

帰り際に、大川君が、携帯で写した写真を見せてくれた。そこには、〝かわいい娘さん二人〟が、大川君夫妻と共に写っていた。着物姿で、今年の正月に自宅前で撮ったとか。

「団藤！　孫娘ではないんだ！　娘だよ！　かわいいんだ！」

「そうか〜〜。良かったなあ。良かった」

団藤は、心から祝った。

「良かったね、大川さん！」

妻も喜びを伝えた。

団藤、妻、共に、大川君は長年独身であったので心から喜んだ。

「この年齢《とし》になって、縁があったんだ。秋から春までは山を下りているんだ。たまたま、高山の街のある店に立ち寄って話をしていたら、同郷であることを知って、お付き合い始めて、結婚したんだ。その後、高山市の郊外に築後百年程経った家を購入。俺が自分で改築して住んでいるんだ。写真のバックが我らが家だよ」

と嬉しそうに話してくれた。

団藤と妻は、大川君の住所を確認した。自分達はこれから下山して、新穂高温泉の槍見館に一泊して、自宅に帰る旨の行程を告げた。「先生」に挨拶せずに失礼することを告げて欲しい旨も述べた。

大川修君と握手を交わし、この鏡平山荘にて温かい心遣いを頂いて、良い思い出になったこと等、感謝の気持を伝え、名残り惜しい山荘を発った。

雨は、小降りになっていた。

それなりの仕度をし、リュックを背負ってみると、何かしら重みを感じた。唯、その重みも忘れる程の思い出を胸に、大川修君、スタッフ全員の温かなおもてなしに感謝しつつ、充実感を味わいながら、二人は下山の途に就いた。

登って来た山道であり、その一つ一つの道程に記憶はあったが、逆方向であり、下り道であり、慎重を期した。

雨はまた景色を一変し、ガスが煙り、山道の岩の両端で〝ナナカマド〟の木々がトンネルを作っていた。遠景の山々は、ガスっているせいで全く見えなかった。少し寒かった。

急峻の山道の濡れた岩は、滑り易い。二人は互いに気遣いながら、足の置き場の岩を選び、一歩一歩踏み締めながら山道を下った。登山で危険なのは〝浮き石〟である。間違えば、命を失う。

上りの登山道で休憩をとった〝秩父沢〟まで来た。沢は、様相を変えていた。上を見上げれば、さながら大きな滝であり、多量の水が、かなりの勢いでこちらに迫ってくる。

蓄えられた雨水が、大きな岩の間を、その岩を動かし、こちらに転がり落ちてくる程の水量で、まるで滝の下にいる様である。恐ろしい感じがした。

急いで、その場を横切った。

その後、ほとんど何も考えず歩を進めた。雨の中をただひたすら道を下った。

やがて、標高も下がり、背の高い落葉樹林の新緑のトンネルに入って来た。木の葉一枚一枚で支えられた雨粒が、時折、風で落ちパラパラと音を立て、レインウェアに振り掛かる。

いかに登山用のレインウェアを着用しているとしても、かつ夏山でも、三時間程も雨の登山道を歩き続けてくると、少し体も冷えてくる。

……

やがて、〝わさび平小屋〟に着いた。

二人は、暖かいコーヒーを飲み休憩した。

もうすぐ駐車場だ。

〝穴毛谷〟の支流が〝蒲田川〟に注いでいる所まで来た。改めて〝穴毛谷〟の謂《いわ》れが書いてある案内を読んだ。

すぐに〝蒲田川〟を横切る橋があった。橋を渡り、蒲田川沿いを駐車場まで戻って来た。

雨は、相変わらず降り続いていた。車の傍に着くと、素早くリュックを下ろし、カバーを外した。濡れたレインウェアと共に、車の後部座席にほうり投げ、急いで車に乗った。

ひと息ついた。

二人は、車の中で、

「無事に行って来られたなあ〜〜」

「本当に良かったね！　大川修さんに会えて、良かったね！」

……感慨に耽りながら、ボーッとしていた。

この駐車場から、今晩泊まる〝槍見館〟まで、車で十分程である。二人は、山の仲間から、良い旅館だから一度は泊まる価値があるよ、と言われていた。期待していた。

「さあ！　出発するぞ！」

車を走らせた。

蒲田川沿いに下ると間もなく橋が見えてきた。その橋を対岸に渡り、少し戻ると、見えてきた。道を右斜めに折れると、私有地で、心地好い程に新緑の若木が植えてある駐車場である。

車を降りると、すぐ先が玄関である。太い材木の組み合わせがしっかりとした古い民家風の小奇麗で洒落た佇まいの旅館である。

二人は、少し濡れたリュックを背負い、玄関を入った。中は、想像以上に広い造りの玄関である。玄関というより、広いロビーは、スタッフによれば、毎朝、〝お客様のおもてなし〟に臼で餅をついて振る舞ってくれるそうであり、それ等を含むイベントが行われるに充分な広さをとってあるとのことであった。

そこから、部屋に案内された。客室への入口は、ロビーから大きな蔵の扉が観音開きに開いている所を通り、その先が廊下となっていて客室が並んでいる。内側から天井に見える梁や大黒柱は立派なものであった。

部屋に通され、二人はゆっくりした。

良い旅であった。良い登山であった。

それ以上に、旧友、「大川修」君に二十年振りに会うことができて良かった。

一時は、会うことさえ躊躇《ためら》う程であったが。それも結果として、北アルプスの雄大な山々と、山荘を思い出として与えてくれた。

良かった。

「お父さん。大川修さんにも心が伝わって、本当に良かったね」

「ありがたかったね」

「いい思い出をもらったね」

妻の言葉に、団藤は、

「良かった……」

と、ひと言、ゆっくり、しみじみと答えた。

団藤と妻は、今回の行程の全てと、大川修君とスタッフ全員、出会った方々の全てに、心から感謝した。

思えば、大川修君は若い時北陸の地、金沢大学を選択したのも、自ら求める、そしてその先にいずれ現れて報われる〝トポス〟への足がかりであったのかもしれない。

そして、試行錯誤を繰り返し辿り着いたのは、〝登山客の世話をし道を拓く山荘〟であり、そこに〝トポス〟を見い出したのであろう。

人生は、道標を選択しながら、自らの〝トポス〟を探す旅なのかもしれない。

〝トポス〟は、〝物理的な場所〟であり、かつ〝思索上の居場所〟なのかもしれない。

*トポス…この言葉と概念については、『人間的世界の探究』（山岸健著、慶應義塾大学出版会）より使わせて頂いた。

七章　下山して、雑念のない地平へ

薮下一生君の早世を知る

かつて、団藤理が名古屋支店時代に、手掛けた新規法人先（業種＝物づくり、優良メーカーの下請企業）についての〝否決された融資案件〟を、当時の支店長の転出と時を同じくし、結果、否決から半年後に新支店長の下にて、〝実行〟した。

当該企業の新規取引銀行である当行は、有価証券取引報告書（略、有報《ゆうほう》）の取引銀行の最後尾に名を連ねた。

その後、間もなく、工場増設の案件に接し、本件の担保につき当該企業のメイン行の次に、すなわち〝抵当権第二順位の担保設定〟をし、一億円の設備資金を実行した。担保評価上、被担保物件（工場敷地の土地）は、担保余力を残していた。

当銀行に於いては、名古屋の地は〝アウェイ〟であり、法人新規開拓は困難に等しい。融資実行し、準メイン行の地位を獲得できたことは、支店開設以来の大きな成果であった。

……この案件の〝主人公〟は、誰であろう、外ならぬ団藤理のかつての同僚「薮下一生君」であった。この実績にて、彼は融資部の特別表彰を受け、二階級飛び越え栄転した。

すなわち、ある支店の支店長として赴任した。

その後、その支店に於いて、不祥事が発生した。報道機関には伏せられていた。それは、誰の目から見ても、客観的に見てあまりに不合理に、支店長からパワハラを受けていた部下二人から、結果、支店長が殴られる事件が発生したことである。若干の傷を負った。

支店長は、出世し有頂天となり、全てを従わせようとした結果であった、との情報が伝わった。事実を把握した人事部は、支店長を降格、左遷した。部下二人には、口頭注意のみとした。実情を客観的に良く把握した上での判断であった。

先の、薮下君が融資部から表彰を受けた案件は、即ち、団藤が〝苦労して持ち込んだ新規融資案件〟であったこと、かつそれを、その時点では融資担当者として〝否決〟していたその張本人が利用し昇進したことは、当時の仲間（同僚）全員の知るところであった。〝隠された事実〟を皆、承知していた。

……以上の「事実」を団藤は、知らされた。教えてくれた友であり同僚は、名を〝桐谷明君〟と言った。

彼は、名古屋支店時代、団藤の仕事上の悩みの〝支え〟となってくれた同僚であった。団藤とはゴルフの腕前もライバル同士であり、気の合う友であった。

長年の時を経て、互いに退職し、再雇用にて古巣の銀行に戻った。法人部の、〝法人取引の新規開拓班〟（コーポレートファイナンス）に採用された。すなわち、当行と融資取引のない企業に対し、融資取引を開拓する任務である。

団藤にとって、任務として不足などあろうはずがない。毎日が真剣勝負である。

長年の経験と苦労は、この仕事に生かすことができた。

この法人取引新規開拓班は、毎月一回、研修のため、本部に集合した。この月に一度の会議の場で、何年振りかに〝桐谷明君〟と出会った。桐谷明君は、前述の話をしてくれた。それは、是非とも団藤に伝えねばならないとの意思にて話してくれた。このことを団藤は感じ取った。


薮下一生君は、銀行に入った時から、年に数回通達される人事異動の行内限りの〝行報〟をファイルして、一つ一つ上の職位に就くのを目標とし、楽しみにしてきたとの夫人談であった。名古屋支店社宅の奥様方仲間の〝井戸端会議〟の話として伝え聞いた、〝有名な話〟であった。

正対し、局面に対する団藤は、生まれ育った環境、出会った多くの友との交流、論議、出会った書物等からして、藪下君の生き方、考え方とは〝大きく一線を画す考え方〟の下に生きてきた。

しかし、〝考え方〟を持っていたとしても、それを明確に断じる〝言葉〟を持っていなかった。というより、サラリーマン生活にどっぷり浸かり、恐ろしいことに、気が付かなかった、のだ。すっかり忘れていた。

青年時代を振り返ってみれば……その様な、ある意味、〝未だ迷える羊〟に、〝明確な言葉〟をもって〝道標〟を示してくれたのは、〝丸山真男氏〟であった。

そして、氏の説かれる、「であること」と「すること」に出合ったのは、何も、団藤自身が探し当てたものではなかった。

それは、慶應義塾大学での友との論議の中で「平野守生」君から教えられた〝論理〟であった。

その一瞬の彼からの発言が、団藤の一生を画する〝道標に対する信念〟とでもいうべき支えとなっていった。このことを深く識《し》った。と同時に、当時、二十歳程の友、彼の思考の論理、明確な論理に改めて敬意を払った。

……当時から、十数年経てである。

しかし、〝自画自賛〟すれば、良くもまあ、団藤もこの年齢《とし》まで、二十歳頃に出合った、

〝この言葉・論理〟を、信念を持ち、自らの信条として持ち続けてきたものである。

〝このこと〟は、銀行という組織に於いては、出世の妨げとなった時も当然の如くあった。そして仲の良い同僚の中にも、この信念・信条を曲げない団藤に対して、〝さりげなく〟指摘してくれた友もいた。

それは、それで、〝それも本当の友〟であると感謝している。

しかし、この年齢になっても、生まれ育った環境、その中には負の歴史もあり、また胸を張ることもある、様々なことが、幼い時から、心の奥底に、血の中に染み付いている団藤にとって、〝この自分の生きて行く道標〟は、〝曲げることのできない、団藤理が団藤理たる所以〟のものであった。

また、一方、考えてみれば、〝対極〟の考え方をもって生きてきた〝薮下君〟も、曲げることのできない、〝であること〟の生き方があったのであろう。

下町のサラリーマン家庭に育ち、地元進学校を優秀な成績で卒業、慶應義塾大学を経て銀行に入った。しかし、その〝生き様〟は、〝であること〟であった。彼は、彼なりに、家族の期待を背負っての努力をしてこられたのであろう。

そして、彼は、前述の左遷された部署にて数年勤務の後、早世してしまったことを団藤は同僚から伝え聞いた。

団藤は、一時は確執があったものの、藪下君との様々な出来事に思いを巡らせていた。

団藤は、藪下一生君に線香を手向けようと考えた。昔の年賀状を探し出し、彼の住所を確認した。

団藤理宛に残された手紙

逝去の後、未だ半年も経っていない時期であった。逝去なさったことを最近知り、仏前に線香を手向けに伺ったといえば、失礼はなかろうと考えての訪問である。

何せ、互いに三年間、名古屋の地で、それも社宅で、家族ぐるみでお世話になった〝友〟である。

突然訪問する方法もあるが、考えた上、予め封書にて連絡しておいた。

団藤は、高崎線にて上野駅、山手線にて、秋葉原で総武線に乗り替え、「亀戸駅」にて下車した。

日曜日の午後二時頃に駅に着くと、予め連絡しておいた北口の改札に、夫人と娘さんが待っていてくれた。社宅で三年間程一緒であったから、年月を経ても、互いに見覚えがあり、直ぐ判った。改札を出て、団藤は、〃お悔み〃を述べ、せっかくの日曜日に伺ったことを侘びた。

十分程歩き、「薮下一生」君の家に着いた。住宅地の一角にあった彼の家は小奇麗になっていた。玄関前には、草花がいっぱい植えられていた。

季節は、初夏であった。主人亡き後、少しでも明るくと思う心の手植えの花は、いっぱい咲き誇っていた。

中に通され、居間を通り過ぎて、奥の座敷に通された。

その座敷に、遺影と位牌があった。団藤は、持参した〃花〃を夫人に手渡し、線香のセットを台にし香典を仏前に供えた。そして、ゆっくりと、一本の線香に火を付け祈った。

〃安らかに眠られんことを〃

と祈った。

仕事の上では、意見が対立したこともあったが、一応の年齢となった今、全ては、〃一つの思い出〟と化した。

夫人にとっては、これから先、ご主人との長く楽しい時が待っていたのに……と考えると、残されたご家族の安寧を祈らずにいられなかった。

団藤に〝雑念はなかった〟。真に〝雑念はなかった〟。雑念など入る余地はなかった。

夫人は、お茶を用意してくれた。団藤は、長居せず、用事があるからといって、すぐに失礼するつもりでいた。

……が、夫人から引き止められ、次のような話があった。

名古屋支店勤務の時は、社宅で〝家族ぐるみのお付き合い〟ができ、サラリーマン生活の中で一番思い出に残り、楽しかったこと。そして、〝夏の相撲、名古屋場所〟の際、社宅十二世帯の夫人達全員が、子供達が通っていた幼稚園が〝寺〟であり、たまたまそこが〝九重部屋〟の宿舎であったため、その稽古の様子を見に出かけた話。

当時、〝横綱千代の富士関〟が全盛期であり、横綱が寺の階段の一番上に腰掛け、〝土俵の力士達〟に稽古をつけていた場面に、〝横綱の姿〟を撮ろうと、夫人達がカメラを向け、シャッターを切った途端、稽古中の力士が、こちらに転んで来て、力士の背中だけがアップに写ってしまった失敗談などのエピソードを楽しそうに主人は聞いてくれた。

……そのようなご主人との思い出話をしてくれた。

そして、薮下一生君が余命宣告された病床にて話されたこととして、夫人から聞かされた。名古屋支店で過ごした三年間が、銀行員生活の中で一番楽しかったこと。仕事も、遊びも、家族と過ごした観光地での想い出も。

こう話した後、最後に、こう告げたとのこと。

俺は、一つだけ、大きな間違いをしてしまった。

それは、銀行で役員になることの幻想のみに執着していたこと。

そのため、多くの同僚に迷惑を掛けてしまったこと、そして友が去って行ったこと。

結果、なんのことはない。役職は、支店長止まりであったこと。

〝形〟のみに捉われてきたことは、間違っていた。このことに捉われずに、過ごして来られたら、もっと〝家族サービス〟もでき、家族との時間も、もてたであろう。

もしも、〝団藤理君〟に会うことがあったら、ひと言、「薮下が、名古屋支店の時には、〝済まないことをした〟とだけ伝えて欲しい」と、言い残した。

そして、〝団藤理〟は必ず俺のところに来てくれる、〝彼はそういう男だ！〟と話したとのことであった。

話を終えた夫人は、

「夫から、団藤理さんにと託された手紙です。もし、団藤さんがお見えにならなかったならば、相当の期間を置いて、手紙を投函してくれとのことでした」

と言いながら、〃封書〃を団藤に手渡した。封書には、団藤宛の住所も記《しる》されていた。

団藤は、〃封書〃を丁重に受け取った。

夫人との話は、そして内容は、団藤にとって〃非常に重いもの〃であった。が、時間にしては、ほんの十分程のことであった。

団藤は、帰る前に、もう一度仏前に手を合わせ、薮下家を失礼した。

団藤は、亀戸駅まで、独り歩きながら、先程の夫人の話が、かなりの〃重み〃で頭に残っているのを感じた。

あの、脇目も振らず、家庭を犠牲にしてまで、一直線に銀行の職務と上司への気遣いに全てを費してきた薮下一生君が、〃最後の言葉で、団藤に伝えたかったこと〃は、その一直線を歩みながらも、考えるところがあったのであろう。

薮下一生君は、〃団藤の何をもって〃最後に団藤に伝えんとする言葉を夫人に託したのであろうか？　団藤は、しばらく、〃そのこと〃が頭に残っていた。

そして、彼は、病の床にあって、すなわち余命を知った上で、限られた時間を団藤に対する〝言葉〟に使ったのであった。そして、夫人に託したのであった。

団藤理は、彼の逝去を知ったら、必ず仏前に来てくれるであろうと信ずるところがあったのであろう。その様な人間であると信じていたのだ。

何故、そう信じたのであろう。いったい団藤の何が、そうさせたのであろう。深く考えてみれば、憶測ではあるが「すること」をもって、振《ぶ》れることなく通してきた、通し続けてきた、団藤理の〝人となり〟がそうさせたのかもしれない……。

夫人の話から、職場での地位（「であること」）を失ってからは、あまり友もなく、葬式にも、最後に勤務していた部署の上司と同僚がわずかに弔問に訪れただけであったとのことであった。

それなのに、どうして藪下君は、〝団藤理は必ず来る〟と考えた、いや信じたのであろうか？

前述の〝憶測〟しか考えることができない。

そんなことがあって、団藤は、また翌週月曜日から職場に通っていた。

その月の本部での研修の集合日、再び桐谷明君と会った。

団藤は、先日薮下一生君宅を尋ね、仏前に線香を手向け、夫人に面談してきた旨、伝えた。

「思うに、薮下君は、〝団藤君が獲得してきた案件〟を利用し、踏み台にして伸《の》し上がってきた感が否めず、心に〝重荷〟を負っていたのではないかね……」

と、桐谷君は、団藤に呟くように告げた。

桐谷君と団藤は、名古屋支店の時から気の合う友であり、ゴルフも良く一緒に行った。その後、十数年、各々別の職場を転勤し、退職して、この〝法人新規班〟に再雇用され、再会した仲であった。

この月一回の会議は、五時に終了した。

桐谷君と団藤は、軽く飲みに行こうと一致して、駅構内の洒落た明るい、長居できそうもないカウンターで、枝豆や冷や奴をつまみに生ビールを飲んだ。

互いに久々に飲んだ。この季節のビールは、とてもうまかった。何せ、この五時台の明るい内から飲むのは、格別であった。

「年寄りの特権だなあ」と桐谷君は言った。

「しかし、年が経つのは早いもんだなあ～～。ついこの間、三十代半ばの頃、名古屋の地で一緒に働いていたと思っていたら、もう互いに退職し、こうして再雇用となった。ここでまた、こうして互いに同じ部署で再会するなんて、不思議なもんだなあ〜〜」

桐谷君はしみじみと呟くように続けた。

団藤も、

「う〜ん。そうだなあ……」

と同感し、ゆっくり言葉を返した。

桐谷君も感慨にふけった。

「あれも、人生。これも人生。互いに、一生懸命に仕事をやってきたなあ〜〜。我々は、〝団塊の世代〟に生まれたから、何をやるにしても競争率は高かったなあ〜〜」

「しかし、なあ、団藤よ！　その中で、互いに自分の信念だけは曲げずに、よくまあ、ここまで来たよ！　誇りに思うよ」

そう言って、桐谷君もビールを続けて飲んだ。

団藤は、友の〝桐谷明君〟と久々に旧交を温めた。一度退職し、再雇用で互いに同じ道を進むこととなった二人は、互いの健康を気遣い、また来月の研修日に会おうや、と約束し別れた。

思えば団藤は、旧友（かつての同僚）から、藪下一生君の〝名古屋支店時代の対立した融資案件〟のその後の進捗状況と、それを踏み台にして出世した彼のその後の人生と、彼の早世を聞いたのであった。

それに対し、彼の仏前に線香を手向け、「心からの〝安らかに〟との祈り」は純粋な気持ちそのものであった。それはそれとして、同時に、〝客観的に見ても、外形的な義理は果たした〟。

しかし、団藤は改めて考えるものがあった。

薮下一生君の当時の言動は、団藤が獲得してきた〝法人新規融資案件〟をめぐり、その取扱いに、〝真っ向〟から対立し、否定するものであった。

それは、各々二人の生き方、考え方、すなわち、育ってきた環境がそうさせたのかもしれない。

結果、団藤理にとって、薮下一生君は〝反面教師〟として厳然と団藤の前に現れたのであった。

彼のこうした言動が、団藤に向けられなかったならば、団藤が二十歳の頃、論議し、思考の上で育てられた経験により信念を持ち得た〝「であること」と「すること」の論理〟を、いくつかの重要な分岐点に立った時、〝振れることなく「すること」を貫き通す〟ことはできなかったであろう。〝対極の考え方の相手が存在した〟からこそ、自らの考え方、生き方が鮮明に浮かび上がり、それを明確に意識し、打ち出すことができたのであった。

それは同時に、若き時からの大親友〝大川修君〟に対する「竹箒事件」の〝加害者であることを明確に識らしめ〟、謝罪せねばならぬとの決意をさせてくれた。

その場面、すなわち、苦労し獲得した正論の融資案件が否決され実際に対立した時は、団藤は、薮下君の様な典型的な「であること」すなわち〝形を求めること〟に執着を持ち続ける者を憎んだ。

従って、その反動として、より強く「すること」を〝生きる、すなわち存在する意義〟の中で心に据えてくることができた。

いくつかの重要な分岐点では、躊躇なく、〝「すること」の道標〟を選択し、積極的に行動することを同僚、部下にも示してきた。示してくることができた。

相手、すなわち、反対極に立つ相手が存在したからこそ、自分の「存在意義」を、はっきりと見据えることができた。

「決して、見失うことはなかった」

団藤は帰宅した。自分の部屋で改めて背筋を正し、先般薮下君の妻から受け取った団藤理宛の「遺書」を開封した。

団藤理君、私は、今、余命の宣告を受け、自宅の病床にいる。

以下、二点、私はどうしても君に伝えておかねばならない。

病に冒されて、大切な家族との別離が迫っていると考えると、目前が真っ暗になる。

そして、過去が昨日のように蘇ってくる。

一、名古屋支店にて君が獲得してきた法人新規案件を否決したこと。
理由は、同じ課長としての〝ライバル意識〟から否決した。

〝案件〟としては立派に成立することから、その後、機会をみて自らが案件を獲得したように企て、実行した。

先ず、このことを団藤理君、君に謝罪せねばならない。

二、実は、団藤君が「上野の森美術館アートスクール」に通っていた頃、君のグループ展の案内を頂き、銀座の画廊に家族で出掛けた。
君は、その場にはいなかったが、美術館の講師の先生がおられた。「芸術のお話を伺う」ことができた。

自分が選び、これまで歩んで来た道と異なり、全く新しい道があることを識った。目が覚めた。

名刺と画集を頂いた。名刺は「お名前」のみ書かれていた。画集は、作品名、制作年、展示会場のみ……であった。

「芸術」には、肩書は不要である。「作品」のみが、その人を表す。作家の人生を表す。まして、人真似では、自らの人生を裏切ることとなる。「人生を賭け制作された作品」のみが評価される。

サラリーマンの世界とは〝対極にある〟と人生で初めて、この様な感動を味わった。

団藤理、君の「生き方は、選んだ道標は、これだったのか」

芸術家になれなくとも、芸術家でなくとも、サラリーマンであっても、誰でも「生き方として」これを選択できるのだ！

今になって、初めて識ることができた。

私も、妻と相談して長男を高校生の時から画塾に通わせることにした。そうしたんだ。

それは息子が悩み迷った時に〝生きるヒント〟を与えてくれるものと考えたからである。

もちろん、職業としての選択ではないのだが。

その〝道標〟の選択は、君から教えてもらったのだ。

団藤理、ありがとう

さようなら

親愛なる友

団藤理君へ

二〇〇八年、晩秋

藪下一生

…………

団藤理の目は、潤んだ。

＊本書は事実に基づいた物語ですが、一部に虚構、仮名を使用しています。

あとがき

本書は、吉野源三郎著『君たちはどう生きるか』の大人版、あるいはサラリーマン版として書きとめたものである。

まず銀行渉外課長である主人公団藤理と、融資課長薮下一生との確執。団藤理は客観的に道筋の通った正当な法人新規融資案件を努力の末獲得、組織のルールに則り融資係へ回付。支店長を交えての〝案件会議〟にて承認されれば本部稟議を経て実行される筈であった。様々な思惑に因り、否決されてしまった。

その後融資課長薮下一生は、支店長転出等、機を見るに聡くこの案件を本部稟議とし、優良案件実行という金字塔を得、異例の出世を果たした。結果、同僚の案件を踏み台とするに憶することはなかった。

しかし、その後、彼が苦労して上り詰めた砂上の楼閣は間もなく、不祥事に因り崩れ、結果、降格、左遷された。

一方、団藤理は力を失った。正当な案件と確信し、理不尽であることを理解するに易しかった。であるからこそどん底に落とされ、立ち直ることは不可能に思えた。我が振る舞いに自信を取り戻すに相当の年数を要した。薮下の案件横取りに因る出世は未だ知らず、後に邂逅するかつての同僚から知り得ることとなったのであった。

しかし、省みれば、主人公団藤理もかつて逆に〝加害者〟となっていたことに気付いたのであった。そんなものである。

自らが苦しい時にこそ初めて判るものがある(すなわち、銀行において「融資案件否決」の被害者となって初めて判った)。それは、団藤理が銀行に就職し数年が経ち、それなりに充実し組織の中のレールを走っていた頃であった。〝無二の親友〟「大川修」君に対するものであった。

思えば、その頃友は人生に迷い〝道標を探し求め〟跪いていた。〝友は迷いのどん底に在った〟に相違なかった……。であるからこそ、竹箒を持って遥か北陸金沢から真冬の一月の日曜日の夕方、団藤理を尋ねて来たのであった。竹箒を買ってもらいたかったわけではない。決してそうではない。学生時代に遠く金沢の地で人生を語り合った仲であるからこそ、話をしたかった(学生時代と同じように)、自らの悩みを聞いてもらいたかったのだ……それを門前払い。〝一言「帰れ」で一蹴〟してしまったのだ。

友は、一月厳冬の夕方、軽トラックで、更に厳しい冬の北陸金沢へ向かって帰って行った。無二の友と信じていた親友に裏切られた者程傷つき、寒さに凍える者はいない。さぞ辛かったであろう。〝その時の団藤理には、友に裏切られ寂しく帰って行く後ろ姿を、彼の心情を、慮る気遣いは、いささかもなかった〟。

思うに、自らがそれなりに満足し仕事に没頭している際は、これ等のことを平然と行うことができるのが人間である。

〝しかし、そうではない〟。〝そうあってはならない〟。自らを〝高み〟に持って行くべきである。

すなわち「アウフヘーベン＝止揚」ということを指向すべきである。より〝高い位相〟から自らの立ち位置を、即ち「道標」を探し求めるべきではないか。

〝傍に不自由な人（弱者）あれば、素直に手をさし延べる。〟それは大変なこと、難しいこと、ではない。

一方、対する相手の感謝の念は想像に難くない……と考えるが、しかしそうではない。考えてみるが良い。そうすることに因り行動した自らに返ってくる〝宝もの〟＝〝道標〟があるのである。

〝宝もの＝道標〟が、自分の信条の中心に〝重し〟となって我を導き生かしてくれるのである。

これこそが、人の業《わざ》を超えたところの〝天＝神〟が与えてくれる〝黄金の翼〟である。

自信を持って、かつ勇気を持って、〝その一歩〟を踏み出そう！

本書の刊行にあたり、文芸社の出版企画部山田宏嗣様には、当初から表題をはじめ諸々の助言、ご指導を頂きました。また、同部越前利文様には、心折れそうになる私を勇気付け背中を押して頂きました。編集部前田洋秋様には、文章の大局あるいは細部にわたり丁寧にご指導頂きました。

皆様の温かい励ましによりまして本書を出版することとなりました。衷心より感謝申し上げます。

二〇二三年七月

青木　博

参考文献

○山岸　健『人間的世界の探求』慶應義塾大学出版会
○団藤重光『刑法綱要　総論』『刑法綱要　各論』創文社
○木村亀二『刑法総論』有斐閣
○ハンス・ヴェルツェル（福田平・大塚仁訳）『目的的行為論序説』有斐閣
○丸山真男『現代政治の思想と行動』未來社
○竹田青嗣『よみがえれ、哲学』『現象学入門』日本放送出版協会、『フッサール「現象学の理念」』講談社
○桑子敏雄『感性の哲学』日本放送出版協会
○黒崎政男『カント「純粋理性批判」入門』講談社
○宇野邦一『ドゥルーズ流動の哲学』講談社
○西　研『ヘーゲル・大人のなりかた』『カント純粋理性批判』日本放送出版協会
○中沢新一『神の発明』講談社
○斎藤慶典『フッサール起源への哲学』『レヴィナス無起源からの思考』講談社
○小泉義之『ドゥルーズの哲学』講談社
○熊野純彦『現代哲学の名著』中央公論新社

○戸田山和久『哲学入門』筑摩書房
○岩崎武雄『哲学のすすめ』講談社
○松浪信三郎『実存主義』岩波書店
○森　有正『生きることと考えること』講談社
○ジャン・ポール・サルトル　伊吹武彦訳『実存主義とは何か』人文書院、サルトル全集『方法の問題』『嘔吐』『壁』『汚れた手』『自由への道』人文書院
○安岡正篤『活眼　活学』ＰＨＰ研究所、『活字一日一言』致知出版社
○小林道憲『宗教をどう生きるか―仏教とキリスト教の思想から』日本放送出版協会
○山折哲雄『仏教とは何か』中央公論新社
○久保田正文『日蓮』講談社
○真継伸彦『浄土真宗』小学館
○佐藤正英『親鸞入門』筑摩書房
○三枝充悳《みつよし》『仏教入門』岩波書店
○紀野一義『「般若心経」を読む』講談社
○田村実造『「歎異抄」を読む』日本放送出版協会
○釈　徹宗『歎異抄』日本放送出版協会
○北川前肇『書簡からみた日蓮』日本放送出版協会
○松原哲明『般若心経を語る』日本放送協会

○五木寛之『蓮如』岩波書店
○八木雄二『イエスと親鸞』講談社
○新井　智『「聖書」その歴史的事実』日本放送出版協会
○犬養道子『旧約聖書物語』『新約聖書物語』新潮社
○青野太潮『どう読むか、聖書』朝日新聞社
○小河　陽『パウロとペテロ』講談社
○竹下節子『キリスト教』『聖母マリア』講談社
○太田愛人《あいと》『パウロの手紙を語る』日本放送出版協会
○八木誠一『イエスと現代』日本放送出版協会
○高尾利数『イエスとは誰か』日本放送出版協会
○佐古純一郎『新約聖書を語る』日本放送出版協会
○岡田温司『黙示録』岩波書店
○遠藤周作『キリストの誕生』『侍』『沈黙』新潮社
○東山魁夷『唐招提寺への道』新潮社
○三輪福松『エトルリアの芸術』中央公論美術出版
○高山辰雄『パリ展帰国記念画集』日本経済新聞社

著者プロフィール
青木 博（あおき ひろし）
1949年　埼玉県熊谷市に生まれる
1967年　県立熊谷工業高校卒業
1969年　慶應義塾大学法学部法律学科入学
1973年　同大学同学部学科卒業
1973年　金融機関、某都市銀行就職
2013年　同金融機関退職
1991年～上野の森美術館アートスクールに学ぶ
2013年～2017年　日本選抜美術家協会国際美術大賞展常任理事
以上を経て現在に至る

黄金の翼もて舞い上がり大空より道標《みちしるべ》を見つけむ

2023年11月15日　初版第１刷発行

著　者　青木 博
発行者　瓜谷 綱延
発行所　株式会社文芸社
〒160-0022　東京都新宿区新宿1－10－1
電話　03-5369-3060（代表）
03-5369-2299（販売）

印刷所　図書印刷株式会社

ISBN978-4-286-24621-5